Wang Zengqi

Selected Works

汪　朗主编

汪曾祺别集

茱萸小集

龙　冬编

浙江文艺出版社

作者，摄于二十世纪四十年代

在西南联大读书时的作者与同学李荣（左）、朱德熙（右）

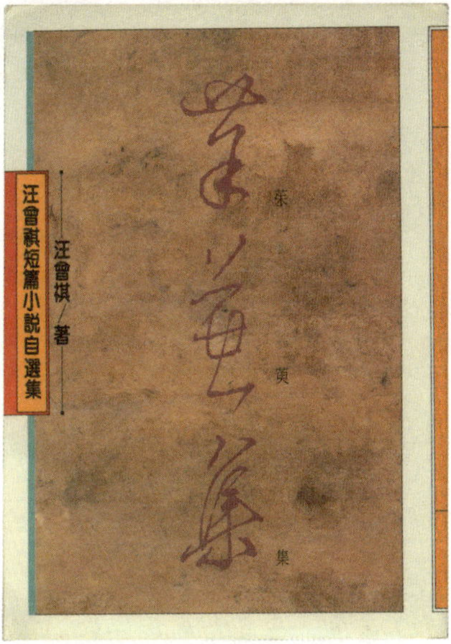

《茱萸集》初版本书影

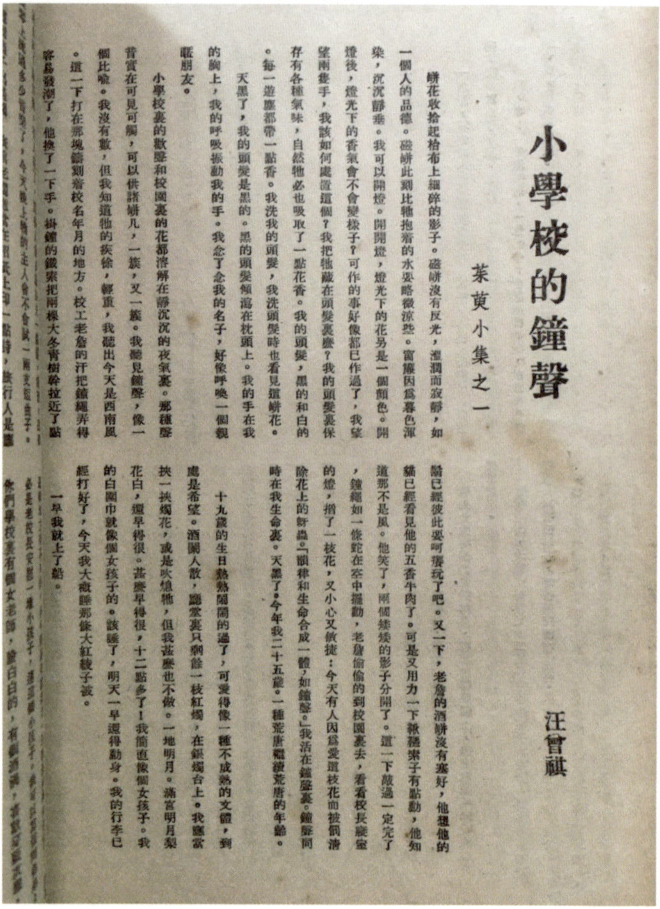

小學校的鐘聲

茱萸小集之一

汪曾祺

缾花收拾起枱布上細碎的影子。磁缾沒有反光，溼潤而寂靜，如一個人的品德。磁缾此刻比牠抱着的水要略微涼些。窗簾因爲暮色渾染，沉沉靜垂。我可以開燈。開開燈，燈光下的花另是一個顏色。開燈後，燈光下的香氣會不會變樣子？可作的事好像都已作過了，我望望兩隻手，我該如何處置這個？我把牠藏在頭髮裏麼？我的頭髮裏保存有各種氣味，自然牠必也吸取了一點花香。我的頭髮，黑的和白的。每一遊塵都帶一點香。我洗我的頭髮，我洗頭髮時也看見這缾花。

天黑了，我的頭髮是黑的。黑的頭髮傾瀉在枕頭上。我的手在我的胸上，我的呼吸振動我的手。我念了念我的名子，好像呼喚一個親暱朋友。

小學校裏的歡聲和校園裏的花都溶解在靜沉沉的夜氣裏。那種聲音實在可見可觸，可以供諸缾几，一簇，又一簇。我聽見鐘聲，像一個比喻。我沒有數，但我知道牠的疾徐，輕重，我聽出今天是西南風。這一下打在那塊鑄刻着校名年月的地方。校工老詹的汗把鐘繩弄得容易發潮了，他換了一下手。掛鐘的鐵索把兩棵大冬青樹幹拉近了點點已經彼此耍呵癢玩了吧。又一下，老詹的酒缾沒有塞好，他想他的貓已經看見他的五香牛肉了。可是又用力一下籐蘿架子有點動，他知道那不是風。他笑了，兩個矮矮的影子分開了。這一下敲過一定完了，鐘繩如一條蛇在空中擺動，老詹偷偷的到校園裏去，看看校長寢室的燈，摘了一枝花，又小心又敏捷：今天有人因爲愛這枝花而被罰清除花上的蚜蟲。「韻律和生命合成一體，如鐘聲。」我活在鐘聲裏。鐘聲同時在我生命裏。天黑了。今年我二十五歲。一種荒唐繼續荒唐的年齡。

十九歲的生日熱熱鬧鬧的過了，可愛得像一種不成熟的文體，到處是希望。酒闌人散，廳堂裏只剩餘一枝紅燭，在銀燭台上。我應當挾一挾燭花，或是吹熄牠，但我甚麼也不做。一地明月。滿宮明月梨花白，還早得很。甚麼早得很，十二點多了！我簡直像個女孩子。我的白圍巾就像個女孩子的。該睡了，明天一早還得動身。我的行李已經打好了，今天我大概睡那條大紅綾子被。

一早我就上了船。

《小学校的钟声——茱萸小集之一》初刊本书影

出版说明

二〇二〇年是作家汪曾祺先生诞辰一百周年。为纪念汪先生，我们编选了这套《汪曾祺别集》。

汪曾祺的老师沈从文先生辞世后，家属借岳麓书社提议出版沈先生作品的机会，与吉首大学沈从文研究室合作，编选了一套二十册袖珍本集子，并根据汪曾祺先生的建议，定名为《沈从文别集》。这套选本款式朴素大方，编选方面的特别处在于，除了旧作，每本书前面增加了一些杂感、日记、检查、书信，以帮助读者更全面地理解作者和他的作品。

《汪曾祺别集》即参照《沈从文别集》的体例，从目前所见的汪曾祺全部作品中精选出二十册小书，在纪念汪先生的同时，向沈先生致敬。

本书大致依体裁、主题分集，希望在编辑、校订方面尽可能精审，遵循的基本原则如下：

一、以初版本或作者改订本为底本，参校以初刊本，作者手稿、手校本。不论所据底本为何种形式，全书统一为简体横排，标点符号统一为新式标点。

二、底本误植处，据校本或上下文可明确推断所误为何，由编者径改；底本与他本相抵牾而无法判断者一仍其旧。

三、可见作者习惯的异体字不做改动；通假字，侧重记音的方言用字，象声词，及外国人名、地名译法，仍存旧貌；意义完全相同的同一字，及同一人、地、物名，在同一篇内保持一致。

四、在早期作品中，作者习惯使用或现代文学创作中尚不规范的“的”、“地”、“得”、“做”、“作”、“那”、“哪”等词用法，不强做规范处理。

五、全书中的数字，除特殊情况外，统一为中文数字形式。

六、题注、收信人简介以仿宋体排于篇首页页下。正文中作者原注和编者注均以脚注形式标在当页。作者原注排为宋体；编者所做的必要注释以“编者注”字样标出，排为仿宋体。

七、独立成段的引文统一使用仿宋体，另行起排，段首缩进两字。

八、每篇文章的题注以脚注形式标在篇首页，排为仿宋体。所注信息包括初次发表时间、报刊名（初刊），初版图书名（初收）等。涉及的初版图书包括以下版本：

《邂逅集》，文化生活出版社一九四九年四月版；

《羊舍的夜晚》，中国少年儿童出版社一九六三年一月版；

《汪曾祺短篇小说选》，北京出版社一九八二年二月版；

《晚饭花集》，人民文学出版社一九八五年三月版；

《汪曾祺自选集》，漓江出版社一九八七年十月版；

《晚翠文谈》，浙江文艺出版社一九八八年三月版；

《茱萸集》，联合文学出版社一九八八年九月版；

《蒲桥集》，作家出版社一九八九年三月版；

《旅食集》，广东旅游出版社一九九二年四月版；

《世界历史名人画传·释迦牟尼》，江苏教育出版社一九九二年七月版；

《汪曾祺小品》，中国人民大学出版社一九九二年十月版；

《中国当代作家选集丛书·汪曾祺》，人民文学出版社一九九二年十二月版；

《汪曾祺散文随笔选集》，沈阳出版社一九九三年六月版；

《菰蒲深处》，浙江文艺出版社一九九三年六月版；

《榆树村杂记》，中国华侨出版社一九九三年九月版；

《草花集》，成都出版社一九九三年九月版；

《汪曾祺文集》（五卷），江苏文艺出版社一九九三年九月版；

《塔上随笔》，群众出版社一九九三年十一月版；

《中国当代名人随笔·汪曾祺卷》，陕西人民出版社一九九三年十二月版；

《矮纸集》，长江文艺出版社一九九六年三月版；

《逝水》，中国青年出版社一九九六年三月版；

《独坐小品》，宁夏人民出版社一九九六年十一月版；

《去年属马》，北京燕山出版社一九九七年八月版；

《中国当代才子书·汪曾祺卷》，长江文艺出版社一九九七年九月版；

《汪曾祺全集》（八卷），北京师范大学出版社一九九八年八月版；

《汪曾祺全集》（十二卷），人民文学出版社二〇一九年一月版。

题注中只列上述书名，不另标注出版时间和出版社名；

《汪曾祺全集》以“北师大版”和“人民文学版”作为区分。

虽已竭尽全力，本书仍可能存在各种问题，期待读者诸君批评指谬。

《汪曾祺别集》编辑委员会

二〇一九年十二月六日

总　序

别集，本来是汪曾祺为老师沈从文的一套书踅摸出的名字，如今用到了他的作品集上。这大概是老头儿生前没想到的。

沈先生的夫人张兆和在《沈从文别集》总序中说："从文生前，曾有过这样愿望，想把自己的作品好好选一下，印一套袖珍本小册子。不在于如何精美漂亮，不在于如何豪华考究，只要字迹清楚，款式朴素大方，看起来舒服。本子小，便于收藏携带，尤其便于翻阅。"这番话，用来描述《汪曾祺别集》的出版宗旨，也十分合适。简单轻便，宜于阅读，是这套书想要达到的目的。当然，最好还能精致一点。

这套书既然叫别集，似乎总得找出点有"别"于"他集"的地方。想来想去，此书之"别"大约有三：

一是文字总量有点儿不上不下。这套书计划出二十本，约二百万字。比起市面上常见的汪曾祺作品选集，字数要多出不少，收录文章数量自然也多，而且小说、散文、文学评论、剧本、书信等各种体裁作品全有，可以比较全面地反映他的创作风格。若是和人民文学出版社新近出版的《汪曾祺全集》相比，《别集》字数又要少许多。《全集》有十二卷，约四百万字，是《别集》的两倍，还收录了许多老头儿未曾结集出版的文章。不过，《全集》因为收文要全，也有不利之处，就是一些文章的内容有重复，特别是老头儿谈文学创作体会的文章。汪曾祺本不是文艺理论家，但出名之后经常要四处瞎白话儿，车轱辘话来回说，最后都收进了《全集》。这也是没办法的事情。《别集》则可以对文章进行筛选，内容会更精当些。就像一篮子菜，择去一部分，品质总归会好一点儿。

二是编排有点儿不伦不类。这套书在每一本的最前面，大都要刊登老头儿几篇与本书有点儿关联的文章，有书信，有序跋，还有他被打成右派的“罪证”和下放劳动时写的思想汇报。在正文之前添加这些“零碎儿”，可以让读者从多个角度了解汪曾祺其文其人。这种方式算不得独创，《沈从文别集》就是这么编排的，只是一般书很少这么做。也算是一别吧。

再有一点，是编者有点儿良莠不齐。这套书的主持者，以五十岁左右的中年人居多，他们大都对汪曾祺的作品有着深入了解，也编过他的作品集。有的当年常和老头儿一起喝酒聊天，把家里存的好酒都喝得差不多了；有的是专攻现当代文学的博士；有的被评为“第一汪迷”；有的参加过《汪曾祺全集》的编辑；有的对他的戏剧创作有专门研究……这些人能够聚在一起编《汪曾祺别集》，质量当然有保证。其中也有跟着混的，北京话叫“塔儿哄”，就是汪曾祺的孙女和外孙女。她们对老头儿的作品虽然有所了解，但是独立编书还差点儿火候。好在大事都有专家把控，她们挂个名，跟着敲敲边鼓，不至于影响《别集》的质量。

这套《汪曾祺别集》是好是坏，还要读者说了算。

汪 朗

二〇一九年十月二十五日

目　录

《茱萸集》题记

《小学校的钟声》一九四六年在《文艺复兴》发表时，有一个副题："茱萸小集之一"。原来想继续写几篇，凑一个小集子。后来不知道为什么没有写下去，于是就只有"之一"，"之二"、"之三"都无消息了。现在要编一本给台湾乡亲看的集子，想起原拟的集名，因为篇数不算少，去掉一个"小"字，题为《茱萸集》。这也算完了一笔陈年旧帐。

当初取名《茱萸小集》原也没有深意。我只是对这种植物，或不如说对这两个字的字形有兴趣。关于茱萸的典故是大家都知道的。《续齐谐记》："费长房谓桓景曰：'九月九日，汝家有灾，急令家人各作绛囊盛茱萸系臂，登高，饮菊花酒。'"王维的诗也是大家都知道的："遥知兄弟登高处，遍

* 初收于《茱萸集》。

插茱萸少一人。”我取茱萸为集名时自然也想到这些，有点怀旧的情绪，但这和小说的内容没有直接的关联。如果读者于此有所会心，自也不妨，但这不是我的本心。

我是江苏高邮人。关于我的家乡，外乡人所知道的，大概只有两件事。一是出过一个秦少游；二是出双黄鸭蛋。一九三九年，到昆明考入西南联大，读中国文学系，是沈从文先生的及门弟子。离校后教了几年中学。一九四九年以后，当了相当长时间的文学刊物的编辑。一九六二年起在北京京剧院担任京剧编剧，至今尚未离职。

我一九四〇年开始发表作品，当时我二十岁。大学时期所写诗文都已散佚。此集的第一篇《小学校的钟声》可以作为那一时期的代表。这篇东西大约写于一九四五年。一九四八年，我在巴金先生主编的文学丛刊中出过一本《邂逅集》。以后写作，一直是时断时续。一九六二年出过一本《羊舍的夜晚》。一九八二年出过一本《汪曾祺短篇小说选》，一九八五年出过小说集《晚饭花集》。近期将出版谈创作的文集《晚翠文谈》、《汪曾祺自选集》。散文尚未成集，须俟明春。

我的小说在中国当代文学中可以视为“别裁伪体”。我年轻时有意“领异标新”。中年时曾说过：“凡是别人那样写过的，我就绝不再那样写。”现在我老了，我已无意把自己的作品区别于别人的作品。我的作品倘与别人有什么不同，只是因为我不会写别人那样的作品。

我希望台湾的读者能喜欢我的小说。

一九八七年八月下旬 北京

关于汪曾祺四十年代创作的对话
——汪曾祺访谈录

杨鼎川

被访者：汪曾祺，当代著名作家，中国作家协会顾问

访问者：杨鼎川，佛山大学中文系教授，北京大学访问学者

时间：一九九四年十二月十三日午后四时至八时

地点：北京蒲黄榆汪老寓所

杨鼎川（以下简称杨）：您曾在一篇文章中说过，您最早的创作是四十年代初在西南联大中文系上沈从文先生的课时的习作，先是在一本内部刊物上刊登，后来由沈先生介绍正式发表。可否谈谈那份刊物的情况？是不是学生自己办的刊物？

汪曾祺先生（以下简称汪）：那是《文聚》。《文聚》是当

时西南联大的同学办的一个土纸本的刊物，背景是什么，经费从哪儿来，我也不太了解。主持人应该是凌（林？）文远，他后来叫凌（林？）远，他办的那刊物刊登的主要是同学的一些作品。《文聚》这个名字很可能是我取的，把一些文章聚在一起。[1]

杨：为什么您在一九四四年左右想起来写《复仇》这么一篇小说？您说如果看您的早期小说的话，《复仇》可算是代表作。我理解代表作可能主要指表现形式，比如说意识流，比较现代的手法，但是它和您的其他早期小说还是不太一样，它是一篇寓言体的小说。

汪：写这个东西，跟当时的局势有些关系。尤其是一九四四年对一九四一年那篇同名小说的重写。那时内战快要打，人们已经预感到内战将是一场灾难。国共两党老打什么呀！你打我我打你。（杨：记得您在一个地方曾说道，如果谁知道一九四四年左右那种事情、那种政治形势的话，应该不难理解我当时“复仇”的意思。）原来我是地主家庭出身，后来沦落了，所以对当时造成这种情况有一种悲凉的感觉，也受了一点佛家思想影响。

1 据李光荣《西南联大文学社团研究》（中华书局二〇一八年版）：文聚社组建于一九四一年十月，发起人为林元；《文聚》杂志创刊于一九四二年二月；文聚社成员辛代回忆称，“文聚”的名字是沈从文所取。——编者注杨：您在小说前面引了庄子的话“复仇者不折镆干”，本来后面还有一句“虽有忮心，不怨飘瓦”，有些版本上有，有些就没有了。

汪：两种不同，后面那句不要。

杨：不要好一点。杨义的《中国现代小说史》说，这篇小说令人联想到日本菊池宽的《复仇的话》。您当时是否受到菊池宽影响？

汪：跟菊池宽没有关系。这篇东西在写法上，是受了一个日本新感觉派作家谷崎润一郎的影响。谷崎润一郎他更现代一点。在我很小的时候，刚刚接触文学的时候，我看了他的一篇作品，印象很深，不但是它的那个技巧，还包括它的思想。

杨：你还记得起作品叫什么名字吗？

汪：什么题目我不记得。其实它讲的道理很简单，就是人应该为了一个崇高的目的去走他自己的道路，而不应该让一种杀人的复仇思想去充斥一生。

杨：这里头有一些具体的问题，比如说《复仇》一开始写了蜂蜜，而且把蜂蜜跟和尚连在一起，说主人公想干脆把和尚叫做蜂蜜和尚算了。用这个蜂蜜是不是要构成一个意象，或者只是随手抓来的一个什么东西，因为蜂蜜那种浓和稠的气味？

汪：蜂蜜本身有一种香甜。

杨：后来小说写主人公走到一个小山村，看到一些山村里的景象以及物件，包括青石井栏以及在井栏边穿银红衫的村姑，那里有一段联想：他真愿意自己有那么一个妹妹，像他在这个山村里刚才见到的，可是他没有妹妹；然后写到母亲，先是黑头发后来是白头发的年轻母亲；最后写他遇见杀父仇人，正要复仇但终于放弃了复仇的念头，把剑重新入鞘的时候，您在小说里写了一句话："忽然他相信他的母亲一定已经死了。"这个地方我想恐怕是有意为之。为什么会数次出现关于母亲的幻象呢？

汪：他一生的复仇是秉承了他母亲的意志，现在母亲已经死了，他这个复仇的意念已经不存在，他不必再去完成他母亲的遗愿。

杨：北京大学博士解志熙在他的学位论文中对此做过分析，说后来复仇者感到自己已经变成他人而不是自我了，这个分析还是有道理的。所以您小说中写，"有一天找到那个仇人，他只有一剑把他杀了。他说不出一句话。他跟他说什么呢？想不出，只有不说"。后来他甚至更希望自己被仇人杀死，甚至觉得自己就是那个仇人，表明复仇导致了人的异化、自我的丧失。那么，有没有一点恋母的情结在里面？写那个主人公。

汪：有一点，但不全是这个。

杨：另外我想作为一篇寓言体的小说，“复仇”具有不断指涉、多重指涉这样一种潜能，甚至对现实可以进行重构。也就是说，不同时代的人读这篇小说都可以结合自己的现实体验去理解它。因此，它的主题可能是多个，不同的人能读出不同的意义来。

汪：也可能吧。

杨：因为它是寓言体嘛。有一个女学者，她认为鲁迅先生的《狂人日记》是寓言体，但后来有些小说，像《子夜》、《桑干河上》[1]就不是。她说《子夜》虽然也有象征的含义，但跟现实的对应关系太清楚了。作者实际做了些不太必要的工作，就是把毛泽东对社会阶级分析时作的结论用形象演绎了一下而已。但是鲁迅的《狂人日记》不一样，你永远都可以从里面读出新的含义。这是一种重构能力，对现实多重指涉。我感觉《复仇》也有同类性质，当然不一定有《狂人日记》那么深刻。后来您在一个地方说，有一个批评者说（这篇作品）是不是受到佛教思想的影响。您当时说去年读了一下佛教的书，发现和佛教讲的冤亲平等，确实有些关联。冤亲平等，我理解就是不管亲爱的人也好，仇恨的人也好，在佛教徒心目中都一样。

1　指丁玲的小说《太阳照在桑干河上》。——编者注汪：是同等看待……朝鲜有人把这篇小说看成佛教小说，要选入佛教小说选（笑），他所取的就是冤亲平等这个思想。

杨：那么您暗示那个庙里实际上有两个和尚，因为有两个蒲团，有两个经卷。他住的可能也不是那个老和尚的居室。后来他走进绝壁里，也开始用锤凿凿起山洞来，最后他们两个人同时凿在虚空里，迎来了第一线光明，把山洞给凿通了。老和尚在这个小说里代表什么？

汪：他是代表佛教的教义。

杨：《邂逅集》收了八篇作品，为什么早期小说里头《异秉》没收进去？

汪：《异秉》晚了一点。

杨：《绿猫》也是早期创作，为什么没收《绿猫》？

汪：《绿猫》呀，在当时看见的人都觉得这个小说太怪了。

杨：汪先生，我谈谈我的一些想法。我觉得《绿猫》是很有意味的作品。其中“栢”也是“柏”的异体字，你当时写的是木旁加一个百花齐放的百，这个“栢”实际上就是柏树的柏。我把其中那个柏也看成是您自己。小说中有一个“我”，还有一个柏，就是写《绿猫》的那位……

汪：我现在都忘了，这个《绿猫》具体写了什么都不记得了。但是我还记得为什么写一个绿猫，绿猫表达了什么我大致还有印象。应该是写当代知识分子有点茫然的情绪，找不到生活的道路，同时用一种调侃态度对人，有点玩世不恭。

杨：但这篇作品比起《礼拜天早晨》来，含义要丰富得多，因为我发现这个小说怪在——至少是您在《绿猫》里头表达了很多自己的思想和艺术感悟，夹杂了很多谈创作方面的文字。就是说它不是纯粹的小说。比方说关于张先生那一段，就是柏收到张先生的信，还把信给“我”看，接着就发表了一些不平之论，人家写了几十年，现在给他出文集了，为什么还要骂他，还要说他怎么怎么的。我理解张先生指的是沈从文先生。（汪：是！）这么一个大作家受到不公平的对待。后来小说里引述了张先生文章里头关于“深挚”这样一些概念，你自己觉得是用心深挚的地方，读者反而觉得很平淡。

汪：这篇我自己是有意识不把它当做一个小说写，在很多地方是夹叙夹议的。

杨：还比如谈到韩昌黎的“气水也”，这一点您后来在《关于小说的语言（札记）》里面做了发挥，当时你只提了这一句。还有关于写作的动机是快乐；关于灵感，引用《文心雕龙》里面关于灵感神思的那样一些话；关于心理小说的写法。还有拿带白兰花树的云南小院子和那时“我”所在的这个充满汽车和嘈杂的都市的对比，这段写得很有意味。那个安静的小院子，还有一个念经奉佛的老姑娘带着两个女孩子在做针线，很安静，使人的心灵很妥帖，那么现在“我”居住的可能是上海了，满世界都是汽车，充满了嘈杂，我觉得是个对比。还有关于下雨，您说有些下雨是毫无雨意的，所以干脆把它叫“下水”得了。我觉得这些都很富于意味。那么“绿猫”象征什么东西？为什么要用这样一个东西做篇名？

汪：这个东西很难确指它象征什么，绿猫的来由是我上小学时，小学三年级画的一幅图画。

杨：您谈到理发店也有这个绿染料，但是觉得很奇怪，怎么把猫染绿。这个柏啊，他受了很多冤枉，他并不是一个有养猫癖的人，但大家都说他是。他受他伯父的影响会养猫，但他并不是爱猫成癖，可众人一说，他也就戴上那个帽子，也没办法。人和人之间好像也不是很容易相通。

汪：另外还有一点就是对这个世界的认识。我小时候画画还画得不错，小学三年级的时候，画了几张猫，有一张猫就是涂了绿颜色，也许是无意识的，我们那个图画教师说，猫哪有绿的！所以我印象很深。后来我对整个世界的看法自然有所改变，猫也可能有绿的。有一次我去理发店理发，这个理发店可以染各种颜色的头发，其中包括染绿色，我说猫的毛也可能染成绿的（大笑）。这本来带点荒谬的意味。

杨：您的小说最后问了一个问题：把猫染成绿的，那猫的眼睛应该是什么颜色呢？我现在甚至这样想，您四十年代写了一些怪怪的东西，比如说受了阿左林、伍尔芙影响的那样一些小说。您四十年代小说大体可以分为两大类：一种是可以和后面对接的那种写家乡的题材，像《戴车匠》、《老鲁》。但多数还是带有明显的西方小说的影响，当时好像是比较怪。您后来说，《受戒》发表以后，有一个青年作家瞪大眼睛："小说还可以这样写？"因为他从来都是那样写。四十年代可能人们也有这样的问题："小说还可以这样写？"

汪：四十年代……

杨：还没有这么惊喜，没有这么多。

汪：没有。因为四十年代，那个时候中国的文学受了很多西方的影响，比方艾略特的影响，奥登的影响，还有里尔克的影响。实际上阿左林并不很怪，当时里尔克影响比较大的，是卞之琳或是冯至翻译的《狙击手的爱与死》，那时影响很大[1]……

1 译者冯至与里尔克经历接近，精神上也很契合，所以他译里尔克的诗作让人印象深刻，如："树枝与树枝交错，没有一枝自由伸长……有一枝！啊，向上……向上……"因作者误记，"狙击手"应为"军旗手"。冯至是这首诗的最早汉译者。里尔克此诗原名为《军旗手克里斯托弗·里尔克的爱与死之歌》。——编者注杨：解志熙那篇博士论文，谈到他对您小说的理解，认为您的那些小说，像《复仇》、《落魄》、《礼拜天早晨》，共同的主题是人在存在上的自欺和扬弃，说您给他的信里头有一句话说，“《落魄》中对那位扬州人的厌恶也就是我对自己的厌恶”，还说到您的小说尤其是对自欺的存在状况做了深刻解剖，格外有力地突出了逃避自由对人自身存在的深重危害。萨特您当时也读过的，还有存在主义创始人基尔凯哥尔，他当时的东西您有没有读过？

汪：没有。萨特刚好介绍进来不久，当时影响比较大的是纪德。

杨：在《绿猫》这篇以外，《囚犯》也引起我的特别注意。那天在北大的批评家周末讨论会上，我发言时就谈到这个问题，我说像汪老这样的作家，他确实很多时候是在写回忆，这个并不奇怪。像散文，它应该很多时候就是写回忆，它很少前瞻，它就是把回忆当中的很多东西作为题材，小说也是。汪先生自己说他始终处在边缘状态，跟文学若即若离。但是他一旦介入现实的时候，并不是完全超脱的。他自己在一些文章里谈道，他也不是不关心现实问题或者很超脱，不是那样的，他是一个食人间烟火的生活在现代的中国人。我举了两个例子，一个写《天鹅之死》（汪插话：那是一篇愤怒的作品），作者校读以后“泪不能禁”。这个他们都知道，主持批评家周末的谢冕老师说，是是是，他读了以后很感动。我说还有一篇可能谢先生你没读过，就是他的《囚犯》。《囚犯》在杂志上发表时标的是报告，但我把它当成散文。作品在谈到父亲的时候，写父亲对自己的关注，在父亲的关注之下长成了人，但是是个平凡的人。我觉得这些地方都给人以很强烈的情感的感染。在这方面它并不亚于朱自清的《背影》。但这不是小说的主要指向。小说主要写对三个囚犯，大概是抓回的逃兵吧，写对这几个囚犯的关注，体现一种很深的人道主义精神。我把那故事给他们叙述了一下。“我”在一辆车上，看到车上的人都不关心囚犯，车又晃得厉害，这三个人没地方抓牢，最后一下子抓到了旁边的“我”，开始“我”心里头也有点不高兴，但后来反而迎上去让他们抓住，而且叫他们蹲下。当时有一个粉团大脸的小市民妇女想要我挡住他们，那时我心里起了一种恶意的念头，就是要让你不高兴不舒服，哪怕你下车把你早上吃的粥吐光了，跟我也没有关系。但随后“我”又有很严肃的省察、自省，我现在可以让他长满疥疮的手抓住我，但是如果让我躺在他们俩中间，或者不是半小时的行车而是一天或者更长时间，我能不能做到。我想这是表现了作家一种非常严肃的人生态度。介绍完以后，参加讨论的人都很感动，因为大家都没有接触过这样的东西，可能他们关于您的很粗糙的印象里头就是超然，实践证明您并不完全是对什么事都很超然。

汪：这个题材得来我记得很清楚。因为首先有个前提，就是我对人尽管充满人道主义，但是我的人道主义是虚伪的（杨：当时写这文章时有一种自省、自我批判），你觉得自我完成了，实际上真正的这个人的痛苦你不能感同身受。

杨：最后您下车以后还表示了对他们三个逃兵的关注。我觉得这篇文章是很动人的。文末引了一位躲到禅悟中去的诗人，被大家认为是最不关心人生的最漠然的躲到禅悟中的诗人的话，“世间还有笔啊，我把你藏起来吧”，这位诗人是谁？

汪：废名。

杨：我从这句话中读出了这样的想法：您的笔同那个（押送逃兵的）班长身上佩带的左轮枪以及左轮枪背后强大的国家机器比起来是苍白的（汪插话：是无力的），所以要把笔藏起来。

汪：是无可奈何的。

杨：看来我的理解没有错。既然写作不能解除人间的疾苦，那么写了有什么用呢？所以要把笔藏起来。读完你早期的小说和散文，我有这样一种感受，我觉得您的文学创作里头有特别敏锐的感觉能力和很强的一种感觉意识，所以在作品里头您比较喜欢品味自己的感觉或者琢磨别人的感觉，有时候干脆就沉浸在对世界的感觉之中。比如《礼拜天早晨》中躺在浴盆里头关于抽烟的感觉，《牙疼》中关于牙疼的感觉，等等。我看了一本书，北大教授曹文轩写的《思维论》，他说中国人有很好的感觉能力，但通常都缺乏感觉意识，也就是缺乏对感觉不断回味、省察和沉思的这种习惯；西方的感觉学比较发达，西方艺术家喜欢品味和去描写感觉。所以我想，您在您早期作品里就比较善于去表现感觉，是不是主要受了西方作品的影响？还是我们中国原来传统的文学中也有很多感觉的东西？或者跟您能画有关系？

汪：可能还是受日本文学影响多一点。

杨：三十年代的中国新感觉派实际上也是受日本新感觉派的影响。您当时也读了很多日本的文学作品。

汪：我写牙疼，写牙疼的感觉，舌伸出去，上面开了一朵红花（杨：这很奇特），真是很奇特，可是我的感觉是真实的。

杨：您写文章回忆西南联大的生活，说您经常不去上课，朱自清先生就不高兴您不上他的课。

汪：朱自清这个人值得研究，（杨：他为人很拘谨）很拘谨！而且他讲课是完全没有才华的，不像闻先生讲得充满了戏剧性……

杨：口若悬河。徐志摩讲课也是，天花乱坠，在他讲英诗的时候。朱自清可能适合于写作，不适于口头表达。他很紧张，我看到一个西南联大学生回忆，哪怕只有两三个学生上他的课，一到了上课时他的脸就涨得通红，而且直冒汗。

汪：而且他每次去都带一沓子卡片。这个人是个非常……

杨：他是个正人君子，没有一点野气，更没有匪气。

汪：他很不喜欢我这个学生。朱先生那时是系主任，闻一多先生提出，是不是可以让我在大学当助教，朱先生不同意："我不要他，他不上我的课。"（笑）气质上不同。

杨：您去年在《小说家》上发表的几篇小说，《小姨娘》那篇我看了，久久心里搁不下。写那个小姨娘，当时高邮城里头很有名的一个漂亮姑娘，嫁给了宗氏兄弟的哥哥。还有《仁慧》、《忧郁症》。《小姨娘》里，后来写小姨娘毅然离家出走，跟包打听的儿子到上海去，再见到她时已经有点俗气，抱着孩子一只手打麻将已经非常熟练了，这是真的事吗？

汪：这好像是真的事。她这个人，当时她应该说很大胆。她不是很成年，因为她跟宗毓琳两个人，也就是情窦初开，（杨：都是十六七岁）十六七岁，发生性关系了。

杨：那一段写得非常生动，很好。

汪：写小说这事，每一篇都有点苗头，我这个人写东西总得有点苗头，有个原型。有人能看出这写的是谁。

杨：《忧郁症》那个云锦，是不是姓裴，她爸爸叫裴什么坡？

汪：裴石坡。他原来姓费，叫费石坡。我的小说改成裴石坡。我这次到台北去，还看到了。我以为他们家的人都已经不在了，想不到他们都还健在，像我写的那个女的后来不是上吊死了吗，她没有死！（杨：没有吗？）这就麻烦了，因为费跟裴距离太近了，小姨娘家里也会引起麻烦。

杨：不过年代比较久远，不至于像有些作家靠得很近。

汪：不过我对她嘛，也没什么太大的褒贬。

杨：有人问您还写不写戏，您说不写了。戏不写了，小说还在写，慢慢地重心是不是会移到散文那边去？多样化。

汪：不会。我认为文学里最主要的还是小说，散文不能成为主要的文体。有人说国外没什么散文史，它确实也有这个问题。

杨：五四的时候，那些第一代作家，他们倒是把写散文作为好像是一种兼职的、业余的事情。写小说的，写诗的，写戏剧的，他们都弄散文。我有一次在会上发言时说，不管多么新潮的小说家或者诗人，一到弄散文的时候他就自然回到传统上去。

汪：我写过一篇文章，也得罪了一些人。我说有新潮的诗、新潮的小说，还没见过有新潮的散文，新潮散文到底怎么写，我也不知道。后来我修正我的话，我说散文还是可以用现代派的方法写的。

杨：可以用一些现代派手法，象征的、意识流的。还有从内容上来讲，比如现在一些女作家，也被很多人所批评和否定，说她们太真实了，不断把自己拿来展示。

汪：现在的女作家们，她们的散文就是写她们自己的事，这个东西我觉得不行，包括像舒婷，也是讲她自己的事。

杨：对，太琐碎了一点。想念孩子，想念丈夫啊，这是一种；还有一种情况，一些女作家在文章中，过于真实地袒露自己：怎样从少女成为女人，初吻、新婚、怀孕，怎么给儿子取名字，怎么搞胎教，最后怎么生下孩子，说写了整个生命系列。有人很欣赏这类散文，说是深入到了生命的深层。但是我看了也有一点想法，作为年轻女性来写，过了一点吧。

汪：这事我觉得有两种，一种女作家，一种老头。我觉得对女作家的散文，可以原谅。对老头这样写散文就不感兴趣。

杨：孙绍振先生说得很坦率，他说我们也不排除有一些年轻作家自以为写的是什么正宗散文，实则虚假造情；也不排除有一些老作家写一辈子散文还没有真正摸到散文的门在哪里。另外，像巴金那样过于地相信和依靠直觉，以为无技巧就是最高的技巧。（汪：不可能）孙绍振认为巴金的《随想录》被捧得太高，他说，巴金艺术上这样一种观念给他带来了艺术上不小的损失，完全不讲究，随意而写。不是像您那种苦心经营的随便，而是真正随便。

汪：周作人写的，看起来很随便，但他是下了功夫的。

杨：像您这样，不但有很好的感觉，而且有明显的感觉意识的作家确实不多，在中国作家里头不是很多，而这种感觉成分在您的作品里头起了很重要的作用。我们试想，如果把这些感觉的描写都抽掉的话，作品剩下的东西就不多了。意识流实际也是写一种感觉。我想写一篇文章专门谈一下感觉问题。另外我还想专门分析一下《绿猫》的文本，因为我感觉有很多您的创作观念在里头。如果我说，把您四十年代的作品加在一起，在当时中国现代文学的整体当中，它就是一只“绿猫”，我这个看法荒不荒唐？就是说一般人好像不是很习惯，但是“绿猫”有它存在的理由，而且它确实很别致。

汪：这个东西我自己写。解放以后，我自己认为，我是一个比较荒诞的作家。

杨：《绿猫》里的柏，当时您写的时候，有没有一个原型啊？

汪：没有。

杨：可不可以把他的有些意思实际理解成您的意思，他对张先生的看法啦，还有其他一些看法。

汪：可以。

杨：最后我想问一下，我想同陆建华先生联系一下，或者同出版社联系，如果他们同意编一个您的研究专集，您有什么意见？

汪：我不同意。

杨：为什么呢？

汪：我这个人没什么研究头，不值得。我这是很真诚的，（杨：我理解）不希望有人去写研究我的书。

杨：但是您不觉得您的小说和散文一方面确实为中国文学开辟了一条路径，这是一；更重要的我觉得在我们这个人心浮躁的时代，它确实营造了一种精神境界，一种精神向度，这对世道人心是有益的。您也多次强调，文学作品要对世道人心有益，希望人的情感能够升华，能够大家更善良一些，能够更高尚一些，不是完全没有目的去写，为创作而创作，不是那样。这样，不管您本人愿意不愿意，势必会有人要研究您的。但是我觉得研究应该要实事求是。您在有一篇文章里说“研究”这个词很可怕，我是可以理解的。如果像有些人那样断章取义，为我所需地把这个作家的东西拿过来，实际上最后昭示给世人的根本不是这个作家本人，他已经不知道偏离到哪里去了，这样的研究确实很可怕。这事以后再说吧。您是不是觉得我根本不应该把您那些解放前的作品翻出来，慢慢地咀嚼？

汪：那没有什么！已经写了嘛，爱怎么说就怎么说。好好一个人，研究他干什么呢？

汪夫人插话：研究你，研究你的作品，主要从你的作品来。

杨：您主观上不希望大家太细致地研究您，但是作家的作品公之于世以后，它就被作为社会的一种文本了，那么但凡是愿意研究的人都可以去研究它，只是希望能研究得比较实事求是一点，不要拔高，更不要歪曲和贬低，这就可能是作者的心愿了。实际上目前研究您的人已经很多了，要是我开一个研究您的论文的篇目，可以开出几大页，恐怕百十篇是有的。您在《汪曾祺文集·自序》里也谈到了，（出文集）这个事您是不愿意的，说了几年了，有些朋友他一再坚持，最后想到最初的一些版本都没有了，给一些愿意读您的读者和一些研究者造成不方便，找来找去找不到，基于这种考虑那就同意出了。与其大家都像大海捞针那样去捞，不如一两个人找来以后方便大家。当然出不出文集肯定要征得您同意，但研究您作品这件事已经不以您的主观意志为转移了，因为您的作品具有影响，确实别具一格。这是客观存在，这个趋势已不可避免。您看杨义那本《中国现代小说史》中，关于您这一节，他说您在史上已经占有那样一种地位了。

（韦旻君根据录音整理，杨鼎川校订）

后记：也许因为同是高邮人，“文革”前上高中时我已在家里的藏书中阅读过汪曾祺的《邂逅集》，解放前的版本。一九八一年秋，因为撰写硕士论文去北京，在甘家口一栋旧楼里第一次拜访汪曾祺先生，谈话内容已很模糊，只记得谈及当时刚出现的“意识流”手法，汪先生说王蒙的意识流还流得不够美。九十年代我开始研究汪曾祺四十年代创作，正好一九九四年秋有机会去北京大学语言文学研究所做访问学者，在京生活一年，其间曾三次访问当时住在蒲黄榆的汪曾祺先生和他的夫人施松卿先生，做过一些访谈记录和录音。一九九五年底将录音带回佛山，因忙于写另一本书稿，未及整理。不料就传来了汪先生逝世的消息，此文因此失去请汪曾祺先生过目订正的可能。今年暑期始在韦同学协助下将录音整理完毕，并由我依据录音校订数次。以上访谈系依据一九九四年十二月十三日的录音整理，对涉及家常的话题做了适当删节。访谈内容的真实性，当由我负责。

（原载于《中国现代文学研究丛刊》二〇〇三年第二期）

汪曾祺漫谈四十年代流行文学

张国祯

一九九〇年五月八日下午，我曾到北京城南蒲黄榆访问汪曾祺先生，说明个人作为北大博士研究生，正在研究中国现代小说七十余年来的文化内涵、审美形态上的演变，愿就四十年代以来一些被忽略或遗忘的文学现象请教汪老先生，请汪老师漫谈。汪老欣然应允。

汪：现代小说的演变，是很值得研究的。我自己是在四十年代开始小说创作的。四十年代就有一些作家作品，后来是被遗忘或忽视的，数量不少。

（我提起徐讦和无名氏）

汪：徐讦的作品数量相当大，出手很快，自称为“三思楼月书”，月出一书。他的小说主要注重传奇性、故事性，文笔流利清秀。他非左非右，与敌伪无关，基本以卖文为生。怎么能写得那么快、那么多？当时有人说他的小说实际上是法国“黄皮书”（法国流行小说）改头换面。我没有考证，不见得（是）。他比较有影响的作品是《鬼恋》等。我想他因为要卖文为生，所以不得不写得那么快。他那时的创作属于“孤岛”文学。

无名氏的创作受了徐訏的影响，而又变本加厉，更怪、更离奇。他是在后方——国统区写，和徐訏（的作品）又不一样。

张：近年有的研究者认为无名氏是“现代派”。

汪：我不认为他是“现代派”。那种创作倾向可以说是伪浪漫主义。

张：当年是否有这么一种评论？我也听人这样讲过。

汪：不，没有。这是我个人的想法。

张：徐訏后来（一九四二年以后）也到了国统区，算当过报人吧？

汪：他的经历我也不大清楚。徐訏他们的作品大体上是在大学一、二年级以下的学生中流行。

四七年（一九四七）我到上海，（喜欢看我小说的）女孩们对我讲，你的小说很像张爱玲（指心理描写）。我这时还不知道张爱玲是谁，到上海之后才知道她的文章在这里流行，而且她这个人也引人注目，她搞时装设计，据说很独特，比如设计的旗袍据说下摆一边方的一边圆的。

我看现在台湾和海外他们把张爱玲捧得太高了（指将张爱玲和鲁迅并列等那样的评价——作者注），怎么能捧得那么高？我认为该是第二流作家（汪老解释是指一般说的“名作家”，而非一流大家——作者注），相当于美国的流行小说家。

张：我个人觉得张爱玲的一些作品比徐订他们写得精细、厚实，只是她的创作总体好像并不平衡，像《传奇》里的那些中短篇，是不是能说是优秀的呢？

汪：是的。我认为他们（指张爱玲等流行小说作家）总的来说缺乏深刻的哲学思索，他们对人生的感受不外乎悲欢离合，比较浅；就是有命运感，但又不像莎士比亚、乔叟。他们大多数总的风格带有媚俗的一面。

张：在这方面，您认为张爱玲的代表作和徐订、无名氏他们的作品，可否具体地作些比较呢，比如说，谁的作品在哪一方面更强？

汪：是的。张爱玲有沧桑感，她是豪门之后，经历了大的变故磨难，这种沧桑感表现在她的作品中。

张爱玲的一个特点是俏皮，这种俏皮正是现在我们几乎所有（现当代）女作家都普遍缺少的，看不到，是一种英国式的俏皮，表现出相当的机智，这是很难得的。

行文上她绝不滥写，非常简练，简练到超乎平常的地步，可说是惜墨如金。她的描写是非常节省、恰到好处的，可以说是文字家。

张：当时是不是有人把她看成是鸳鸯蝴蝶派那一路的作家?

汪：她跟鸳鸯蝴蝶派是两回事。只不过她是在上海“孤岛”上写作，所以大后方这边文学界都不怎么了解她。柯灵是她早期发表作品的刊物《万象》的编辑，他是了解她的，所以为她说了公道话。

张：您是不是也看了她后来写的《秧歌》和《赤地之恋》?

汪：不，我没有看到。倒是看到她用英文写的小说，这是很不简单的，说明她有很深的英文功底。

张：您对鸳鸯蝴蝶派作家好像比较熟悉，您怎么看他们的写作呢?

汪：是的，我和他们中有些较年轻的人曾经共事过，解放初在一起编辑曲艺刊物的时候，有一位以前在他们小报刊物上写过不少东西的编辑，他懂很多地方戏曲。(说着汪老忽然说了两句福州话民谣，令原籍福州的采访者大为吃惊，张忽然想起汪师母原籍也是福州——)

张：（笑）您这是跟师母学的吧，还是解放初到福州采过风？

汪：（笑）不是。这就是从刚才讲的那位旧同事那听来的，他是福建人，会唱很多地方戏和好多地方的民谣，赋诗作词，全都来得。

说到鸳鸯蝴蝶派，我认为对其中一些作家评价不公平，研究太少。鸳鸯蝴蝶派（作家）基本上是旧文人，可几乎又都懂外语。他们传统文化的积淀确实很深厚的，显然优于徐讦和无名氏这些人。比如他们都工于赋诗填词，以至即席酒令。他们编杂志小报，卖文、出书，宴饮酬会，也逛堂子，过的是都市旧文人的生活。可是他们写得极快、极多，文字功夫也很强，后来的文人是比不上的；比徐讦、无名氏和现今台湾琼瑶这些人都更强。如周瘦鹃，他同时编七种杂志，能源源不断地出来。张恨水创作更是多产。

从一开始，社会小说、言情小说就是南北都有，不光是上海，沦陷期间好长时间就占领着北京（北平）的小报，如《陋巷斜阳》（陈恨雨的）等等。基本倾向还是较好的，写众生相，带一点人道主义色彩。这些人的小说应该与另一些称为"方块小说"的低级东西区别开来，后者有冯亦琦等。陈恨雨他们的产量也是很大的，可是几乎被遗忘，这一段（在现代文学史上）成为空白。他们虽然只写市民，可爱憎比较分明，不媚上，不宣扬什么坏的东西，作品没有什么哲学意识，就是同情下层市民。我认为是值得研究的。

对张恨水的评价，我认为很久一直是不公平的。其实四〇年（一九四〇年）张恨水五十岁时《新华日报》还发过一期专刊为他祝寿，是按周恩来的意思安排的；茅盾还评论说他是“中国的狄更司”。张恨水的《金粉世家》、《落霞孤鹜》都写得好。语言文字有的也写得相当好，比如写某老谋深算的政客在茶馆里运筹，“闭目抽烟，烟灰自落”，非常传神。

当然他们写得那么多，未免有写得滥的。张恨水等人当时都有秘书，也有不少是他口述给秘书，由秘书代笔来写的。

四十年代还有刘延林[1]的诗，骆黑子[2]的小说也都风行过一时，后来都被淡忘。

张：您觉得台湾文学是不是和四十年代后方文学更接近？

汪：有关系。台湾文学界前几年在那争吵，什么“乡土派”、“现代派”的吵什么。我不明白他们有什么好吵的。陈映真、王祯和写的和白先勇他们写的有什么根本区别？我就

---

1 “刘延林”疑为“刘延陵”。——编者注

2 “骆黑子”疑为“罗黑芷”。——编者注

这样对他们说，陈映真来了，我也这样（跟他）讲。

（我提起参加台湾那边评文学奖的事）

汪：文学创作有他们的基础，评奖什么的也认真。请我当评委的是《中国时报》散文奖，隔海评文可是难评，他们就用长途电话向我介绍初评情况；那次他们那边的评委本来拟将一等奖空缺，我说（既然）大陆、台湾作家都参加了，为什么一等奖要空缺？还是评上了。……

文学如果脱离了本土，就不可能有深厚的传统。大陆这十来年的创作不可否认成就巨大，年轻作家写乡土，是前所未有的真实。

上面这些都是随便闲扯，是个人交谈，回去请不要公开发表，务必不要（在评论文章里）引用。

张：非常感谢汪老师指教，谈了很多重要史实和难得的宝贵看法，一定遵嘱，一定认真学习。

二十四年前的这次难忘访谈，汪曾祺先生的宝贵谈话，当年遵其嘱谈话记录只给导师看过，迄未示人和公开发表。个人理解，汪老先生当时要求不要公开发表，主要是诚守一家之见，避免公开评论隔海同代作家。而今二十四年之后，汪老一代人均已走入历史；如同历史档案若干年应当解密一样，访谈记录作为具有研究价值之资料，将之发表供业内同人参考，应不违背访主初衷之精神。

谨此纪念我所尊敬的汪老先生和汪师母。

（原载于《中国现代文学研究丛刊》二〇一五年第一期）

钓

晓春，静静的日午。

为怕携归无端的烦忧，（梦乡的可怜的土产）不敢去寻访枕上的湖山。

一个黑点，划成一道弧线，投向纸窗，“嗡”，是一只失路的蜜蜂。也许正惓怀于一支尚未萎落的残蕊，匆忙的小小的身躯撞去；习于播散温存的触须已经损折了，仍不肯终止这痴愚的试验，一次，两次，……“可怜虫亦可以休矣！”不耐烦替它计较了。

做些甚么呢？

打开旧卷，一片虞美人的轻瓣静睡在书页上。旧日的娇

＊初刊于一九四〇年六月二十二日昆明《中央日报》，初收于人民文学版《汪曾祺全集》第一卷。

红已成了凝血的暗紫，边沿更镌了一圈恹恹的深黑。不想打开锈锢的记忆的键，掘出葬了的断梦，遂又悄然掩起。

烟卷一分分的短了，珍惜的吐出最后一圈，掷了残蒂，一星红火，在灰烬里挣脱最后的呼吸。打开烟盒，已经空了，不禁怅然。

提起瓷壶，斟了半天，还不见壶嘴吐出一滴，哦，还是昨晚冲的，嚼着被开水蚀去绿色的竹心，犹余清芬；想后园的竹子当抽了新篁，正好没鱼竿，钓鱼去吧，别在寂寞里凝成了化石。

小时候，跟母亲纠缠了半天，以撒娇的一吻，换来一根绣花的小针，就灯火弯成钩子，到姐姐的匣内抽一根黑丝线；结系停当，捉几只蜻蝇；怀着不让人知道的喜悦，去作一次试验。学着别人的样，耐心的守着水面“浮子”。(那也是请教许多先辈才晓用蒜茎做的最好）起竿时不是太急，惊走了；便是太慢，白丢了一只蝇天[1]。经过了许多次的失望，终于钓得一尾鲢鱼，看它在钩上闪着银光，掀动鲜红的腮，像发现了一件奇迹，慌乱的连手带脚的捉住，用柳枝穿了，忘了祖父的斥骂，一路叫着跳回去。

而今想来，分外亲切，不由得不跃跃欲试了。

昨晚一定下过牛毛雨，看绵软的土径上，清晰的画出一

1 “天”疑为“头”。——编者注

个个脚印，一个守着油灯的盼待，拉快了这些脚步，脚掌的部分那么深，而脚跟的部分却如此轻浅，而且两个脚印的距离很长，想见归家时的急切了。你可没有要紧事，不必追迹这些脚印，尽管慢点儿。

在往日，便是这样冷僻的小村，亦常有古旧的声昔[1]来造访的。如今，没有碎布烂铁换糖的唤卖；卖通草花的货郎的小鼓；走方郎中踉跄的串铃；即本村的瞎先生，也暂时收起算命小锣的啮啮，没有一个辛苦的命运来叩问了，正是农忙的时候呀！

转过一架铺着带绿的柳条的小桥，有一棵老树，我只能叫它老树，因为它的虬干曾做过我儿时的骏马，它照料着我长大的，乡下的替它起的名字，多是字典辞源上查不着的。顽皮的河水舔去覆土，露出隐秘的年青的一段，那羞涩的粉红的根须，真如一个蒲团，不妨坐下。

也得像个样儿理了钓丝，安上饵，轻轻的抛向水面。本不是为着鱼而来的，何必关心“浮子”的深浅。

河不宽，只消篙子一点，便可渡到彼岸了，但水这么蓝，蓝得有些神秘，你明白来往的船只为甚么不用篙子了吧！关于这河，乡下人还会告诉你一个神奇的故事，深恐你不相信，他们会急红了脸说：县里的志书上还载着。

1 “昔”疑为“音”。——编者注

也不知是姓甚么的做皇帝的时候，——除了村馆里的先生，这村里的人都是只知道“民国”与“前清”的，顶多还晓得朱洪武是个放牛的野孩子，则“不知有汉，何论魏晋”何足为怪。这儿出了个画画的，一点不说谎，他画的玩意儿就跟真的一般，画个麻雀就会叫，画个乌龟就能爬，画个人，管少不了脸上一粒麻子。天下事都是这样，聪明人不会长寿的，他活不上三十岁，就让天老爷给收去了，临死的时候，跟他的新娶的媳妇说：“我一不耕田，二不种地，死后留给你的只有绵绵的相思……”取张素绢，画了几笔，密密卷好，叫她到城里交给他的师傅，送到京师的相爷家去，说相爷的老太太做寿，寿宴上甚么东西都有了，但是还缺少一样东西，心里很不快活，因此害了症候，若能如期送到，准可领到重赏，并且关照她千万不要拆开来看，他咽了最后的一口气，娘妇便上城去了。她心理[1]想到底是个甚么呢？耐不住拆开望望，一看是一片浓墨，当中有一块白的，以为丈夫骗了她，便坐在田岸上哀哀的哭起来。一阵大风，把这卷儿吹到河里去了，我的天，原来是一轮月亮啊！从此这月亮便不分日夜的在深蓝的水里放着凄冷的银光。

你好意思追问现在为甚么没有了？看前面那块石碑，三个斑驳的朱字“晓月津”，一个多么诗意的名儿。

1 “理”疑为“里”。——编者注

“山外青山楼外楼，
我郎住在家后头，
…………”

夹着槐花的香气，飘来清亮的山歌，想起甚么浪漫的佳话了？看水面上泛起一个微笑。她们都有永不凋谢的天真，一条压倒同伴们的嗓子的骄傲，常常在疲乏的梦里安排下笑的花蕾的。

一片叶子，落到钓竿上来，一翻身，跌到水面上，被微风推出了视野。还是一样的碧绿，闪耀着青春的光辉。你说，便这样无声的殒折，不比抖索着枯黄的灵魂，对残酷的西风作无望的泣求强些？且不浪费这些推求，你看这叶片绿得多么可人，若能以此为舟，游家泛宅，浪迹江湖，比庄子那个大葫芦如何？

远林漏出落照的红，像藏在卷发里的被吻后的樱唇，丝丝炊烟在招手唤我回去了。咦，怎么钓竿上竟栖歇了一只蜻蜓，好吧，我把这枝绿竹插在土里承载你的年青的梦吧。

把余下的饭粒，抛在水底，空着手走了。预料在归途中当可捡着许多诚朴的欢笑，将珍重的贮起。

我钓得了甚么？难得回答，然而我的确不是一无所得啊。

二十九年四月十二日昆明

翠　子

夜，像是绻[1]藏在墙角的青苔深处，这时偷偷的溜了出来，占据了空空的庭院。天上黑郁郁的，星一个一个地挂起来，乍起的风摇动园里的竹叶，这里那里沙沙的响。

家里只有我和大丫头翠子，在屋中玩着，等待父亲回家。

翠子扬起头，凝望着远远的天边，抱在膝上的两手渐渐松了下来。

“又来了！看你那呆样子。翠子，你跟我说个故事好不好？要拣顶顶美丽的。可是你不要再说磨子星和灯草星子，

*初刊于一九四一年一月二十三日昆明《中央日报》，初收于人民文学版《汪曾祺全集》第一卷。

1 “绻”疑为“蜷”。——编者注

今儿晚上天河里没有多大的风，雾倒挺不少，你看哩，白朦朦的，甚么也看不出。我怕他们星子也都会迷了路。”

像是没有听见似的，她的眼睛还是睁得那么大，但是我自己听得很清楚，连掠过檐前的蝙蝠一定已都偷听了一两句去了，在她的眼睛里，我看出我有点生气，默默地，我盯着廊下两个淡淡的影子，心里想：不理我，好！看我的比你的也短不了多少。

终于，她跟我讲和了。站起身来，伸手理一理被调皮的风披下来的几丝头发，（用黑夜纺织成的头发！）她说：

“不早了，我给你弄晚饭去。爷大概不会回来吃了。”

爷？爷又不是你的爷，为甚么你也这么叫呢？不害羞！叫人家的爷做爷！我心里笑过多少次了，不过我也没有说甚么，转进堂屋里去了。堂屋好像比那天都空洞，壁虎在板壁上水渍处慢慢的爬过，但我一点儿都不怕。母亲的棺柩停在这儿时，我还一个人守着一盏长明照路灯（怕被老鼠们喝干了，让妈在黑地里摸索），现在更不怕了；只是桌底下的大黑猫，咕噜咕噜的“念佛”叫人听得真不好受。我连声地喝：“去！去！”它像聋了个耳朵，睬也不睬。想叫声翠子，听厨房里铲子正响得紧，大概加点火，马上就要来了，便想起翠子来的时候黑黑的样子，还穿上双鲤鱼脸的花鞋，戴个大红“舌头”，怯生生的，“锅边秀！”于是跟自己笑起来。

吃饭时，我一手拿着筷子，一手拿根纸捻，蘸点儿水，又在灯盏里滚一滚，就火头上必必剥剥地烧起来，非常好玩。

“看油点子溅到眼里去，怎么这们[1]皮！”

“哟，真真像个妈？”我想着，小猫儿似的咕咕的笑着。

“爷一早就出去了，这会还不回来，老不肯呆在家里，把我一个人撇下！”

其实我知道，爷疼一晚上比别人疼我一天都强。而且有翠子伴着我也并不寂寞，但我仍亟亟盼他回来。晚上的风专门往人颈子里钻，邻居王家的那条大花狗，一听到脚步声音就向黑中狂叫，爷难道不怕狗？不怕我因为担心他怕狗而怕狗？

我嘟起了嘴。

“……大白天爷一定又是到你娘的坟上去了。你这个人！看每天衣上都沾了些泥斑，早上的露水多重！”

对了。父亲每晚回来都带着一支白色的花，这花城里是没有的。人家说是鬼种出来的。母亲的墓园里满开的全是这种花，听爷说过，“这坟地是娘生前亲自看定的。”风水先生都说这不是吉地，但父亲可坚持要葬在这儿。只是这花是经不起霜打的，白菜渐渐甜了起来，怕这花也没有多少日子好

1 “这们”今作“这么”。——编者注

活了。我希望明天要父亲带我去看看，花叶的尖尖有没有发红，要是红了，那就快了。

等花都完全憔悴死了，只挂上一些干叶子在风里摇，狗尾草也在风里摇，看父亲还再天天到坟上去不去？

格格，一只褪了绿色的小蚂蚱，振翅向灯焰飞来，翠子一挥手把它赶去了。翠子嘴里咕咕着："你为甚么不在青草窠里玩着，却迷在这亮亮的一团火里？"

大家都不说话，风掀起壁上的条幅，划划地响，我想起父亲近来画也不画，字也不写，连话也不多说，便问翠子：

"爷近来是不是又老了些？下巴的须子长得那么长，刺在人脸上，痒痒的，嗯。怎么回事？想娘，娘不想他也不再想我，睡在地下安安静静。甚么也不想。"

"你爹……哦，你明儿早上醒来，叫他莫出去。明儿是他的生日，今年三十了吧。……快吃，看菜都冷了！"

咦！我不是吃完了吗？她一定又想着甚么了。连我放下筷子都不晓得，痴痴的真好玩。今晚上我还要告诉父亲，翠子这两天像丢了魂。她的魂生了翅膀，把翅膀一举，就被风吹到远远的地方去。是一阵甚么风？我不知道，翠子也不知道。

翠子收了碗，把折好的爷的衣裳压在衣砖底下，便做起针线来。我倚在她身上，随着她胸前的起伏，我轻轻地唱：

“小白菜呀

点点黄啊，

小小年纪

没了亲娘。

……

……”

“翠子，底下是甚么的？”

“——听，叫门，你爹回来了？”

翠子打了风雨灯，走到黑黑的过道里，我站在可以看到大门的地方等着，看烛火一步步的近了，却是父亲提着的。翠子静静的跟在后面。

父亲一把抱起了我，在颊上亲了我一下，问我为甚么还不睡。

“等你！你不疼我，只疼别人家的孩子！”

父亲轻轻叹了声，进到房间里去了。一进房门，便听见屋角矿、矿的声音，他问我：

“五更鸡上煮的甚么？”

“莲子。翠子在柜子里找出来的，说上好的建莲，再不吃要坏了。天也冷了，爷该吃点滋润清补东西，所以煨了它。让我关照爹，糖在条几上玻璃缸里。”

“哦，——家里，几时还有莲子？”

“谁知几时的……”

“二宝，你睡吧！”

“你呢？”

“我也就要睡了。我很累。”

“我这么大了，自己还不会脱衣裳么？不要你，不要你！”当父亲要替我解纽子时，我连忙闪开。脱了衣裳，“进窝了，进窝了，进窝啰”，便往被窝里一钻，被盖是翠子新浆洗的，非常暖和，有一点太阳气味，一点米浆气味，和一点（极少一点点）香粉味。

爷只吃几颗莲子，其余的都给我吃了。他叫我不用起来，拿小银匙子一颗颗地喂我。我一边吃，一边看着他的瘦脸：黑了，更瘦了，头发长得那么长，下巴全是青的。这么大的人了，自己不晓得打扮，还要人来照应，呕……

想起一件事，赶忙告诉爷：

“高家伯伯今儿来过了，饭前，一个人坐在客房里等了你老半天，跟我谈了很多话：问我想不想妈？要是想，教爷替你再娶个妈。又把你那支挂着的笛子拿下来吹了半天，他说吹的叫甚么《汉宫秋》。爹爹，——你吹的好还是他好？后来翠子给他送上茶，他便不吹了，一个人走来走去的笑笑，还拿纸写了些甚么教我拿给你看，字那么草，它认识我，我可一个也不识得它。”

父亲看看那张字条，哈哈地笑起来。笑些甚么呢？还那么大的声音。

父亲随后也脱了衣裳睡下，点起一支烟，烟一丝丝的卷起来，满帐子里都是烟雾。

“二宝，你今儿晚上吃的甚么菜？”

“青菜虾圆汤。”

“可好吃？”

“好吃，好吃，虾子又新鲜，买来时还活蹦活跳。青菜是到园上现挑的，在薛大娘园上挑的。翠子说，这样有起水鲜。——嗄，爹可晓得薛大娘？翠子新认了她做干妈。今儿大清早，我跟翠子上那儿去，草上露水还没有干，她把鞋都温[1]透了。我没有，我走道儿挺小心。到那儿薛大娘底儿子大狗子正在浇水，看见我们来了，便笑吟吟地把剩下的半桶水往埂上一搁，替我们下园挑菜去。翠子坐在埂上跟他谈话。薛大娘给了我两个新摘的沙胡桃，我便一个人去找蟋蟀儿去，我蹑着脚走了半天，连个油葫芦的叫声都没听见，才过了白露啊，难道它们就哑了翅子，不好意思再大胆的‘呼雌’？爹，你不是告诉过我，蟋蟀儿的叫是呼雌的？找不到，我便掐了几片芦叶，编成个小船，把她们一只只的送到河中流水里，看那个流得最远。呜，一阵风把我的船全翻

1 “温”疑为“湿”。——编者注

了，河下已经有人淘中饭米，我想已经来了老半天了，便回到园上找翠子去。

“我一去，他们都没看见，翠子还那么坐着，睁着大眼睛望着天，天上不见雁鹅；喏，就像我这样子，大驹子呢，站旁边，看定翠子的脸。菜篮子里只有两棵。我一叫翠子，他们都不看了，一块儿下园挑菜，大驹子还替我们下河把菜洗得干干净净。

“唳，爹，你说翠子为甚么老呆呆的，望着天，天上有甚么？人家说，天上有时会开天门，心里想甚么，天门里就有甚么！可是这要有福气的人才看得见。翠子是不是个有福气的人？你说。看天门开要在七月初七的晚上，早过了时！翠子一发呆，便不爱说话，不跟我说故事，也不教我唱‘白果树，开白花，南面来了个小亲家’了，也不爱跟我来‘板凳板凳歪歪，菊花菊花开开’了。我想哭，又怕她笑我。爷，你说说她，要她同我玩玩，不许发呆。”

嗯，父亲不知为甚么，这时不理我了，也呆呆的，好像从帐顶可以透过屋顶，看到翠子白天发呆的那个。怎么回事？

“唳，爹，你怎么的？看落了一枕的烟灰。你快睡在灰里了，翠子今天洗枕头时说你烧了那么大一个焦洞，赶明儿甚么烧了也不知道。”

父亲对我笑了笑，把灰拍去了些。

“翠子真好，又好看，又带[1]我好，跟妈一样。爹，我们再也不要让她走，教它[2]永远在我们家里！”

“……十九岁了；……明年四月……一个跛子男人……哦，二宝，让她回到自己的家里去吧，她妈就要来带她了，这件事，我不能管！”

爷又刁[3]上一支烟，划了一根火柴，半天都不去点。等火把指头灼痛了，才把火柴扔了。我真不明白，为甚么父亲的魂也生了翅膀，向虚空飞。便记得要跟他说，先前翠子提起的话。

“爹，你是不是三十岁了？翠子让你明儿别出去，为你做生日，她办菜！”

“三十了？三十了！为甚么是三十呢？管[4]翠子甚么事？你也不用管，我不做生日了的。二宝你睡吧，明儿要早点起来，跟我到你妈坟上去拜坟。你记不记得，明儿是你妈的忌辰？我要翠子回家，她长大了，留不住。”

为甚么要让翠子走呢？我觉得鼻子很酸，忍受不住，我哭了。

1 “带”疑为“待”。——编者注
2 “它”应为“她”。——编者注
3 “刁”今作“叼”。——编者注
4 “管”今作“关”。——编者注

父亲把我抱在怀中，脸贴着我的脸："睡罢，半夜了！你听豺狗叫。……"

灯油尽了，火头跳动了几下，熄了。满屋漆黑，柝声敲过三更了。我不知道父亲甚么时候方睡。我醒来时，父亲已起了床出院中作深呼吸去了。翠子站在我床边，眼睛红红的。

十一月一日—二日，联大

复　仇
——给一个孩子讲的故事

一缶客茶，半支素烛，主人的深情。

“今夜竟挂了单呢。”年青人想想暗自好笑。

他的周身结束告诉曾经长途行脚的人，这样的一个人，走到这样冷僻的地方，即使身上没有带着钱粮，也会自己设法寻找一点东西来慰劳一天的跋涉，山上多的是松鸡野兔子。所以只说一声：

“对不起，庙中没有热水，施主不能洗脚了。”

接过土缶放下烛台，深深一稽首竟自翩然去了，这一稽首里有多少无言的祝福，他知道行路的人睡眠是多么香甜，这香甜谁也没有理由分沾一点去。

---

*初刊于一九四一年三月二日、三日重庆《大公报》，署名“汪曾旗”，初收于北师大版《汪曾祺全集》第一卷。

然而出家人的长袖如黄昏蝙蝠的翅子，扑落一点神秘的迷惘，淡淡的却是永久的如陈年的檀香的烟。

“竟连谢谢也不容说一声，知道我明早甚么时候便会上路了呢？——这烛该是信男善女们供奉的，蜜呢，大概庙后有不少蜂巢吧，那一定有不少野生的花了啊，花许是栀子花，金银花，……”

他伸手一弹烛焰，其实烛花并没有长。

“这和尚是住持？是知客？都不是！因为我进庙后就没看见过第二个人，连狗也不养一条，然而和尚决不像一个人住着，佛座前放着两卷经，木鱼旁还有一个磬，……他许有个徒弟，到远远的地方去乞食了吧……

“这样一个地方，除了做和尚是甚么都不适合的。……”

何处有丁丁的声音，像一串散落的珠子，掉入静渚的水里，一圈一圈漾开来，他知道这决不是磬。他如同醒在一个淡淡的梦外。

集起涣散的眼光，回顾室内：沙地，白垩墙，矮桌旁一具草榻，草榻上一个小小的行囊，行囊虽然是小的，里面有萧萧的事物，但尽够他用了，他从未为里面缺少些甚么东西而给自己加上一点不幸。

霍的抽出腰间的宝剑，烛影下寒光逼人，墙上的影子大有起舞之意。

在先，有一种力量督促他，是他自己想使宝剑驯服，现在是这宝剑不甘一刻被冷落，他归降于他的剑了，宝剑有一种夺人的魅力，她逼出年青人应有的爱情。

他记起离家的前夕，母亲替他裹了行囊，抽出这剑跟他说了许多话，那些话是他已经背得烂熟了的，他一日不会忘记自己的家，也决不会忘记那些话。最后还让他再念一遍父亲临死的遗嘱：

“这剑必须饮我底仇人的血！”

当他还在母亲的肚里的时候，父亲死了，滴尽了最后一滴血，只吐出这一句话，他未叫过一声父亲，可是他深深的记得父亲，如果父亲看着他长大，也许嵌在他心上的影子不会怎么深。

他走过多少地方，一些在他幼年的幻想之外的地方，从未对粘天的烟波发过愁，对连绵的群山出过一声叹息，即使在荒凉的沙漠里也绝不对熠熠的星辰问过路。

起先，燕子和雁子会告诉他一声春秋的消息，但是节令的更递对于一个永远以天涯为家的人是不必有所催促的，他渐渐忘记了自己的年岁，虽然还依旧晓得那天是生日。

“是有路的地方，我都要走遍。”他曾跟母亲承诺过。

曾经跟年老的舵工学得风雨晴晦的知识，向江湖的术士处得来霜雪瘴疠的经验，更从荷箱的郎中的口里掏出许多神奇的秘方，但是这些似乎对他都没有用了，除了将它们再传授给别人。

一切全是熟悉了的，倒是有时故乡的事物会勾起他一点无可奈何的思念，苦竹的篱笆，络着许多藤萝的，晨汲的井，封在滑足的青苔旁的，……他有时有意使这些淡淡的记忆淡起来，但是这些纵然如秋来潮汐，仍旧要像潮汐一样的退下去，在他这样的名分下，不容有一点乡愁，而且年青的人多半不很承认自己为故土所萦系，即使是对自己。

甚么东西带在身上都会加上一点重量（那重量很不轻啊）。曾有一个女孩子想送他一个盛水的土瓶，但是他说：

“谢谢你，好心肠的姑娘，愿山风保佑你颊上的酡红，我不要，而且到要的时候自会有的。”

所以他一身无长物，除了一个行囊，行囊也是不必要的，但没有行囊总不像个旅客啊。

当然，“这剑必须饮我仇人的血”他深深的记着。但是太深了，像已经溶化在血里，有时他觉得这事竟似与自己无关。

今晚头上有瓦（也许是茅草吧）有草榻，还有蜡烛与蜜茶，这些都是在他希冀之外的，但是他除了感激之外只有一点很少的喜悦，因为他能在风露里照样做梦。

丁丁的声音紧追着夜风。

他跨出房门，（这门是廊房）殿上一柱红火，在郁黑里招着皈依的心，他从这一点静穆的发散着香气的光里走出。山门未闭，朦胧里看的很清楚。

山门外有一片平地，正是一个舞剑的场所。

夜已深，星很少，但是有夜的光，夜的本身的光，也能够照出他的剑花朵朵，他收住最后一着，很踌躇满志，一点轻狂围住他的周身，最后他把剑平地一挥，一些断草飞起来，落在他的襟上。和着溺爱与珍惜，在丁丁的声息中，他小心地把剑插入鞘里。

"施主舞得好剑！"

"见笑，"他有一点失常的高兴，羞涩这和尚甚么时候来的？"师父还未睡，法兴不浅！"

"这时候，还有人带着剑。施主想于剑上别有因缘？不是想寻访着甚么吗，走了这么多路。"

和尚年事已大，秃头上隐隐有剃不去的白发，但是出家人有另外一副较难磨尽的健康，炯炯眸子在黑地里越教人认识他有许多经典以外的修行，而且似并不拒绝人来叩询。

"师父好精神，不想睡么？"

"出家人坐坐禅，随时都可以养神，而且既无必做的日课，又没有经谶道场，格外清闲些，施主也意不想睡，何妨谈谈呢。"

他很诚实的，把自己的宿志告诉和尚，也知道和尚本是行脚来到的，靠一个人的力量，把这座久已颓圮的废庙修起来，便把漫漫的行程结束在这里，出家人照样有个家的，后来又来了个远方来的头陀，由挂单而常住了。

“怪不道，……那个师父在那儿呢？”他想问问。

“那边，”和尚手一指，“这人似乎比施主更高一些，他说他要走遍天下没有路的地方。”

“哦——”

“那边有一座山，山那边从未有人踏过一个脚印，他一来便发愿打通一条隧道，你听那丁丁的声音，他日夜都在圆这件功德。”

他浮游在一层无端怅惘里，“竟有这样的苦心？”

他恨不得立即走到那丁丁的地方去，但是和尚说：“天就要发白了，等明儿吧。”

明天一早，踏着草上的露水，他走到那夜来向往的山下，行囊都没有带，只带着一口剑，剑是不能离弃须臾的。

一个破蒲团，一个瘦头陀。

头陀的长发披满了双肩，也遮去他的脸，只有两只眼睛，射出饿虎似的光芒，教人触到要打个寒噤。年青人的身材面貌打扮和一口剑都照入他的眼里。

头陀的袖衣上的风霜，画出他走过的天涯，年青人想这头陀一定知道许多事情，所以这地方比任何地方更无足留连，但他不想离开一步。

头陀的话像早干涸了，但几日相处他并不拒绝回答青年人按不住的问讯。

“师父知道这个人么？”一回头伸出左腕，左腕上有一个蓝色的人名，那是他父亲的仇人，这名字是母亲用针刺上去的。

头陀默不作声，也伸出自己的左腕，左腕上一样有一个蓝字的人名，是年青人的父亲底。

一种异样的空气袭过年青人的心，他的眼睛扑在头陀的脸上，头陀的瘦削的脸上没有表情，悠然挥动手里的斧錾。

在一阵强烈的颤抖后，年青人手按到自己宝剑柄上。

——这剑必须饮我仇人的血。

“孝顺的孩子，你别急，我决不想逃避欠下自己的宿债——但是这还不是时候，须待我把这山凿通了！”

像骤然解得未悬[1]疑问，他，年青人，接受了头陀底没有丝毫祈求的命令，从此他竟然一点轻微的激动都没有了。

从此丁丁的声音有了和应，青年人也备得一副斧錾，服膺在走遍没路的地方的苦心下，但他似乎忘记身旁有个头陀，正如头陀忘记身边有一个带剑的青年人。

1 “未悬”疑为“久悬”。——编者注

日子和石头损蚀在丁丁的声里。

你还要问再后么？

一天，錾子敲在空虚里，一线天光，第一次照入永恒的幽黑。

“呵”，他们齐声礼赞。

再后呢？

宝剑在冷落里自然生锈的，骨头也在世纪的内外也一定要腐烂或凝成了化石。

不许再往下问了，你看北斗星已经高挂在窗子上了。

灯　下

一天还是那么过去的。西天又烧过了金子一样的晚霞。

陈相公（学徒的）在屏门后服伺着新买来的礼和银行师子牌汽油灯。近来城里非常盛行汽油灯，起初只一两家大铺子用，后来，大家计算计算，这比“扑子灯”贵不了多少，可是亮得多了，所以像样一点的铺子也都用了，除了根本没有晚市的。他像是跟灯赌了气，弓着个身子，东扒扒，西戳戳，眯起一只眼睛研究研究，又撮起嘴唇吹吹，鼻涕在鼻孔里，一上一下，使他不时要用油污的手去掠一掠。已经是秋凉了，可是小伙子阳气旺，汗兀自不住的滴着。

柜台里有三个人：姓陶的和姓苏的是“同事”身份，陶

---

*初刊于《国文月刊》一九四一年第一卷第十期，初收于人民文学版《汪曾祺全集》第一卷。

先生坐在靠“山架”的凳上翻阅从甚么报上剪集起来的章回小说，（也许丢掉了一页，不接头，找来找去找不着）。一面还摸着脸上酒刺，看来不是用手去摸脸，而是以脸去就手，似乎很专心，偶尔有一只苍蝇甚么的影子飞过眼前，他也只是随意用手一挥，不作理会。苏先生把肘部支在柜台上，两手捧着个肥大下巴，用收藏家欣赏书画的神情悠然的看着滴水檐下王二手里起落的刀光。王二摆一个熏烧卤味摊子，这时正忙得紧，一面把切好的牛肉香肠用荷叶包给人，一面用油腻腻的手接钱，只一瞥，即知道数目，随便又准确的往“钱笼”里一扔，嘴里还向另外一个主顾打招呼，“二百文，肚子？”又一瞥，哪样东西快完了，便叫儿子扣子去拿。扣子在写着账，（熟人可以暂赊）很用心的画着码子，要是甚么人的姓写得不大像，便歪着头，咬咬笔杆，很像一些文雅人作诗的样子。柜台里另一位，姓卢，在来往信札上被称为“执事先生”，若是在大公司之类当是经理，这里，是“管事”，所以常常坐在账桌边。正校核着“福食”，每看完一笔，用小木戳子印一个“过”。他叫了一声陈相公，陈相公没有答应，于是又大声叫“陈——相——公——”！这回不但陈相公听见，连苏陶二位也听见了，回头一看，都扑嗤笑了，陈相公一脸胡子，垂手侍立。“今天买了几个铜板酱油？”“五个。”又各归原位，各执其事，继续未竟的工作。

他们似乎都在等待着甚么。等待着甚么呢？

多少声音汇集起来的声音向各处流着，听惯了的耳朵不会再觉得喧闹，连无线电嗡着鼻子的唱歌说话的声音及铁钉头狠狠的划在玻璃上的开关声，也都显得非常安静。叫卖的拼着自己的嗓子喊，如极深的颜色掺入浓浓的灰色里，一经搅混，甚么痕迹也留不下。你何必喊呢？不要买的你招不来，要买的自会来找你。这些声音都要到沉默之后才会有人觉得。

时间在人们的眼睛里过去了。

陈相公又有了点小小得意，汽油灯毕竟亮了。他站到柜台上挂了起来，灯嗞嗞的响着，许多小飞虫子便在光底下闹成一大团，哪里来的这许多啊？

一个顾客懒懒的走近了柜台。“要甚么？”“丝妈糖。”“没有。”“昨天还有的？”“十个铜板起码！”柜台外的人眨眨眼睛，只得向袋里又挖挖，柜台里的把钱接过手，一看，只有八个，不再说甚么，丢入“钜万”里，包了一包带丝带粉的甚么。八个铜板买不到十个铜板的，大家明白。可是倒教苏陶二位想起来晚上还有几个必到的主顾，知道他们要甚么，要多少，便一一包好，在纸上折角作了个记号，放在固定的处所，以便来拿。

卢先生核完了账，把簿子挂到派定的钉上，伸了个懒腰，心里想：不早了。走到门口去看天天来往的人，站了一会。今天没有花轿子抬过，足供负手半天。天天下操回去的驻军，也早吹着号过去了。觉得生活乏味，便想回去，却一眼看见了一个人拄着拐杖走来了。这个人（不单这个人）是除了大风大雨，小病小痛，都要来铺子里坐坐谈点“新闻”的。

“哦，陆二先生，二舅太爷——呸，走呕，你怎么不打个灯笼要饭！”卢先生让一个叫化子哭丧着一副不变的脸等着，不去理他。“您怎么今儿来晚了？我打算您的小肠气又发了。”

“没有，没有，今儿放学放得晚一点，嗯——又拢焦家巷吃了碗划水面。”这算是他的解释，其实这解释该用在“如果晚了”之后，他自己明白，并不晚，虽然也不早。

店堂里摆一张方桌，左右各放两把椅子，陆二先生拣了一把靠桌的坐下，（这是他的老地方，其余，应当留给别人。）放下拐杖，拧了拧鼻子，把手在鞋帮上抹抹，看着“真不二价”、“童叟无欺”心里有了点感慨：而今能写得这样一笔字的很少了，拿春联“抱柱”来一比，就分出个高下老嫩来。他是个蒙馆先生。——世界变了，就是写得这样字的也没用了，人家招牌上都画上红红绿绿的甚么美，美术字，从大学校学来的，看的不认识，写的也不认识，好处就是不像字，像画。

“一蟹不如一蟹，全是甚么洋笔弄坏的，当先，我们的时候——唻，陶翁，你的花又开了两朵了，——”

“啊？——也不过是随便插在盆子里玩玩的，我连水都不记得浇，还是厨房老朱天天挑水回来浇一点，不想它竟开了花。”陶先生说着，捧了水烟袋走了出来。

“——时人——不识——余心乐，——将谓偷闲——学——少——年——，风雅，风雅。”陆二先生素来很赞赏陶先生。

“二舅太爷，今儿在东家太太家吃了甚么来了？”又进来一个人，见了陆二先生就照例问这句话，他是店主的本家，每天到店里来吃饭，这时正是他该来的时候。

“虾子炒虾子！”

大家全笑了起来，连走过门口的也都带了一个笑走过。

进来的人有点驼背，大家都叫他虾二爷。

陆二先生按俗例每天临着到一个学生家去吃饭，周而复始，所以常常夸说某东家太太人大方，铲子好，并且还说了些蒙馆先生不应当说的话，涉及大方铲子以外的事，供大家笑乐，无伤大雅。

虾二爷装作姿势要拿拐杖打陆二先生，陆二先生说，“你来，你来，我有话告你！”虾二爷带笑骂了句甚么，也就算了。

张汉叼着旱烟袋进来，连声叫着“年兄，年兄！”这是一个老童生，曾往外县做过幕。

老炳到王二摊上拣了根卤得通红的猪尾巴，一条鞭似的舞着，到里去拿了个茶杯，又出去打酒去了。

卖鱼的疤眼收完了鱼钱，也走了进来。

还有些不上名姓的熟人，也都来了，坐的坐，站的站，各有各的风格，于是店堂里便热闹起来。

老炳打了酒，还没有进门，便嚷着：“我的尾巴，我的尾巴。”

“你自己摸摸看！谁见过你的尾巴！我见到，倒想拿了喂狗呢。”

“卢三哩，你这个坏人，定是你藏了。你老婆又不在这儿，干甚么吵！”

“自己的尾巴都管不住，谁拿了，看，不还在着！”

“——还就是万顺的好一点，掺的水不多，他妈的。”老炳坐到一旁自得其乐去了。他呷了一口酒，带着津液咽下了喉，忽然很严重的问：“他妈的陆二，你说，唐伯虎有几个太太？”

陆二先生虽然不太满意他这个“他妈的”口风，可是对于别人的问题，只要能解答的，都很乐意解答，读书人第一要渊博。满腹经纶，才像个读书人。于是陆二先生不但告诉他九美的名姓，还原原本本的说起四杰传来。听过的，没听过的，都很诚心耐心的听着。陈相公本来在读着《应酬大全》，这时也放下了书，呆呆的听着，又想着。

陶先生抽完一根纸媒子，把水烟袋递给虾二爷，态度很诚恳恭敬。

“好，垂头驴子会拐缰，你也跟我来起来了。”烟已经没有了，虾二爷掏了个空，但他到柜台里翻了半天，终于翻到了。“佛——笃”，笑笑的一口吹着媒子。骨都骨都喝了一阵，啸的一吐，把烟灰远远吹去。

“烟啊，一共有几种？有五种：水，旱，鼻，雅，潮。这内中，唯有潮烟这一样，我们这带没有。我见过，香。”张汉把自己丢在回忆里，一面把自己的“超等”打开，装上一袋，闭上眼睛细细品味。

“�，虾二爷，大太爷的田，买成了没有？听说水口庄屋全不坏，是旱潦不怕的，你不是已经下去看过了么？要不是死了老子，等着葬，肯卖，人家？这么块好田，哼！”

“没有！那方面非草字头（萬）不卖，我们大太爷也忒辣点，晓得人家急等钱用，更有意‘拿桥’，别人家想这块田的多着哩，像孙家就等着买了好‘成方’，可是因为大太爷谈了，也不便再问津。”虾二爷言下殊不平，倒不是别的，

成了，他少不了有点好处。别人也觉得大太爷太精明了。心想：“难怪，越是有钱啊，——”

“虾二爷，这几天打牌了没有？”

虾二爷大概是打了牌，并且还小小的进几个，得意的讲起牌经来，说到怎样在最后一圈做庄时拦和了下家一副不现面的清三番，真够紧张。

“婊子不害 ×，走局呕！”

陆二先生摇摇头：“酒色财气，酒，色，财，气……”

喔——呜，一条野狗教柜台里的苏先生一棍子打了出去，好几个人抢着说“不孝，不孝”，苏先生打完狗，仍是支着两肘，不声不响。

“马家线店的寡妇媳妇，瞎子婆婆，——嘿，他妈的！”老炳吮完了最后一滴，捶了一下柜台，站起身子，走了，有人补了他的座位。陈相公望望他的背影，“啧！”了一声，把杯子收进去了，“老是拿了不放回去！”大家全笑了，老炳背上贴了个纸剪的乌龟。

谈话还是继续下去，不知是为何开头的，不知怎么又转换了话题，也不知到甚么时候才会停止，一切都极自然，谁也不肯想想。大家都尽可能的说别人的事情，不要牵涉到自己。（自己的甘苦，顶好留到在床上睡不着的时候一个人说说去。）各种姿势，各种声调，每个人都不被忽略，都有法

子教别人知道自己的存在。

卖鱼的一面听着，一面于点头楞眼之余计算着“二百四,四百八——”，算错了，又回头重算。有人叫了一声“疤眼——”，是他的老婆。

“疤二娘，天还早呢！”店堂里又是一片哈哈。

“啐,”疤二娘才过了，又回来，“吴老板找你哩！”

疤眼本想也可以回去了，可是这一来倒不得不大声的说“等下！”等什么呢？他等别人笑完之后！便走了。虾二爷连忙赶到门口：“�——，明儿送十斤蟹到大太爷宫（小公馆）里去，疤眼——！”

“晓——得！”

大家都觉得该回去了。在“明儿见”，“明儿见”声中铺子里便清冷了一大半。张汉睁开眼睛，叫了一声“年兄”，伸手摘下帽顶上拖了好半天的花翎（也许是草制的，也许是纸制的）望了一望丢了。“吓吓”，也走了。王二本想来店堂里头坐坐，趁现在稍微闲一点的时候。他叫了一声“扣子”，可是回头一看，只好又说“没有甚么，你别打盹”。陆二先生也觉得很怅惘，大有“酒阑人散得愁多”的感味，望望若有其事的小飞虫子，心里哼出一句甚么，忽然四下一摸，不好，拐杖不见了，也不说甚么，明儿来拿好了，丢不了的。即使丢了，也不可惜，这拐杖越过越短了，快不能再用了。

说真的，这回街上可真寂静得可以，阴沟里的沉积畅畅快快的吐着泡沫，像鱼戏水。卖唱的背了松了弦子的二胡，踽踽走过。一天星斗。

“二舅太爷，回去来”，一个小女孩子一手拿着个面捏的戏装小人，一手的食指含在嘴里。这个“二舅太爷”是真的，小女孩是他的外孙女。二舅太爷等着的是这一声，每天，这个柔嫩的声音都在叫他。二舅太爷不紧不慢的站起身来，可是身后有甚么拉住了他，不得不再回头，一看，衣角被谁用钱串子（小索）结在桌腿上，他恨恨的恨了一声。

陈相公把行李卷放到柜台上来。苏先生擦擦肘部关节。陶先生打了个呵欠，卢先生也打了个呵欠。虾二爷看着自己架在左腿上的右腿，脚尖息息的颤动，心想怎么都倦了？又想想：怎么还不开晚饭啊？……

三月十八日写成

待　车

书放在映着许多倒影的漆桌上。烫金字的书脊在桌面上造成一条低低的隧道。分在两边的纸叶形成一个完全的对称。不用甚么东西镇住，也不致把角上的单数号码变成双数的或把双数的变为单数。平平贴贴，如被一只美丽的手梳得极好的柔润的发。应当恰是半本的地方。

下午渐渐淡没了。如一杯冲过太多次的茶，即使叶子是极好的。

云自东方来，自西方来，南方来，北方来，云自四方来。云要向四方散去。

将晚的车上堆积的影子太多了，是的，将晚的车上堆积

---

* 初刊于《文聚》一九四二年第一卷第一期，初收于北师大版《汪曾祺全集》第一卷。

的烟灰太多了。风和太阳把两边的树绿尽向车上倾泼，弄得车里车外淋淋漓漓。因此，车拚着命跑。可不是，表的声息都弱了。如落花，表的声息积满一室，又飘着，上上下下，如柳絮呢。

只要是吹的，不论是甚么风。

风吹着春天，好轻好轻。

车过了一站，又过了一站。

向自己说："先生，你请坐吧。你累了呢。是呀，你忙得很。你老是跑来跑去的，真是！"

又咕咕的向自己笑了。且莫笑，好好儿坐着。椅子是一个好主人，它多么诚恳，多么殷勤。尤其对于一个单身的人，单身向天尽头走去的旅客。

像叶柄承托住树叶一样，用最舒泰最自然的姿势坐着。脚也离开地板。像坐在水上，坐在云上，云与水款款的流动在身下。

书，随便挑一本看看的，也竟似很用功了。一口气看了个大半本。

书帮助我们过了多少日子，一叶又一叶的从手指头翻过去。

我们常在灯下大声读书，从前。我的声音若是高出了你的，你看一看我，低头拂一拂头发便用更高的声音赶过了我。

我们在草地上读书，在大树下读书，在冰[1]湄，在花间，在火车上，还在待车室里。你看，云的影子从我的书上掠过去了，你看呐，它飞，飞过草场了。草场上有花牛刍料，流动云影的清风，洗了它的背，又洗了它项间的铃与铃的声音。

我的舌头沿着唇边舔过了，刚才吃过的糖的残留的味道。

还早呢。啊，书上的字全没有了。它们飞出去了，像到室里来啄食的小雀一样飞出去了，剩得一方模糊的白色，怎么？一两分钟里天竟暗了。尾[2]瓦上有羽毛的声音，窗外原来就下着雨。一天如玉屑般的小水珠。江南黄梅天气。火车前面的巨灯照在雨里一定好看极了。一声汽笛，火车压地驶过，天是那么灰灰的，看来却异样的白。火车喷出的白云怕也不是在丝质的蓝天下一般颜色了吧。车上人不会知道。窗子落下，玻璃上极微细的琮铮[3]，像小雨吸进厚绒的帷子里了。

取下一个小皮包，想下站时要不要换一双鞋。打开箱子，箱子里的甚么东西衔着人的思想飞出去了。想着，小包又无端被关上，如一只乖巧的小猫，如一只团团的小猫一样的头，睡在主人的两膝间。车上已暗，一些箱笼如梦中的云

1 “冰”疑为“水”。——编者注
2 “尾”疑为“屋”。——编者注
3 “琮铮”应为“琮琤”。——编者注

海中的山树。有甚么事可作？抽一支烟吧。烟头的红火如萤火虫飞在五月的灌木林际。

——车上开了灯，先生！——噢。

抽一支烟吧，烟头红火如萤火虫飞在五月的故乡。

“你在看书？天都黑了呢，又不许开灯，不爱惜眼睛。我开。”

“你开你开，我不看了。莫开，你看蓝天边那颗大星！莫开莫开。”

“你看吧，让星星陪你，永远陪你。”

——拍地关上窗子，拉上帷子。

“笑甚么，我不是星！”

你不是星星。恒星有时也陨落，在太空中成一片火，一片灰，不留一屑屑甚么。不陨落的自然不是星。

车过了一站又过一站，车载得我们多远多远。

车上开灯了，小姐！——噢。

车上的灯光从窗口射出来，过去了，多快！快到那些树木不知道自己被光照过。待一切车全过去，它们一回想，某个时刻我仿佛被照过的，对，“是”照过，不是“仿佛”。

南方多灌木林，多火车，火车多窗。南方又多楼房，楼亦多窗。甚么时候我也该住到一间小楼里，那怕是一个旅馆也好，只要稍稍长久一点，有个安顿。难道我能一辈子在车上过日过夜么?

“现在若是从一个窗户里有光照出来，我一定知道，一株灌木移植到另一个南方来了，我等待一个新的仿佛呢。”

雨落着，落在一个小小院落里。室内静极，编织毛线是没有声音的。不但这时候，平日这小院落也是极静的。没有人大声说话。也没有人像从前一样大声读书。这时候，画眉鸟的嘴也不是用来唱歌的。聪明在沉默中。

而现在，雨落着。瓦上有羽毛挂扫的声息和一种神秘的声息。青色的灯应当正照着青衣的人。

车在雨中奔驶。鞋到底换上了。街石在灯光下发亮，一街的人都换了鞋，从火车上下来的脚多半湿了，换了鞋的觉得自己特别干松，于是走得比谁都快。

敲门了。

“谁?”——“我。”——“我么，我在家里!”

“你这人!我说把雨衣带在箱子里，才多重，‘没几天，不带!’不带!看看，头发上的水都滴到人脸上了。”

门开了，又关上，(假定没有仆人吧)开门的听敲门的关门。

一个年轻，不懂事，一个年轻懂事太多。因此常受埋怨，为感谢报答这种埋怨，于是更不懂事。

雨落着，但江南正有极好的春天。

因为想不出甚么事情做，把买来准备在火车上看的书拿出来看看。一看，半本就翻过去了。“唉，怎么办呢，明天？”看看装订得那么好，印刷得那么好，简直是专为送人用的。一个人随随便便的竟看得一半本了，真不应该——阖起来，阖起来。躺到床上去胡思乱想一阵吧。时间多呢。

春假一放，学校便显得特别大。宿舍，课室，连那个空场子，都放大了。假前一日，同学都走尽了。所有的床上全是光光的，只有一张床却好好的铺着。一个白绸的大枕头，满绣着花朵，我的头发埋在各种花朵里。花在放了。秘密的展开了瓣子。

我明天也要走了。但若是明天下雨，便可托辞不走。我真希望下雨。

雨落着，钢轨接榫处，有些地方一定已经锈起黄色的小斑。

路警把身子藏在油布雨衣里，在水泥月台上踯躅，往来逡巡，发现了许多，只不曾发现过自己。

车站前小花圃里的美人蕉花朵红艳艳的，而枯的仍不减其枯。待车人抽着烟，只想着江南好春天，即使有风有细雨。

校园里的鸟声像一缸蜜，越来越浓。鱼在池里唼喋水面浮萍，浮萍上有小小虫子。剪草的工役在草上睡得又香又甜，是梦见故乡秧田里的歌声，歌声像一片素色的大蝴蝶的影逗弄着他。

“就走么？”

见鬼！看看表，早着哩，又被自己捉弄了一次。笑了笑。干甚么呢？行李不须多带，小皮包里的东西理了又理，再没甚么可理的了。过的是种甚么日子，真令人发愁。

太阳自窗间照到白被单上，经过几度筛滤，浓淡斑驳不一，依稀可以辨认交疏的枝叶，重叠的瓣子。一只蜜蜂在上面画过一道青色的线，曲折迂回，它是醉了。云一过，图画便模糊一两分钟。

——明天。

来回票几天期限？

“你来？”

“送人。”

为甚么不好好的睡觉！好，我买票去，等下陪你送人。

车站，月台，路警，上车，小小手绢，在空中摇着；间或有一点眼泪，也干了。车头吼着走了，上面和侧面同时喷出白云，白云，白云。……书放在桌上，分在两边的纸叶形成一个完全的对称。

云自东方来，云自四方来。云自心上来。

风吹着春天，好轻好轻。

风和太阳把两旁的树绿尽向车上倾泼，车里车外，淋淋漓漓。

我们这一月旅行，你说，到哪儿去好，我不说，有你的地方都好。

笑甚么，我不是星星。你是！星星被我摘来了。

花落在一个小小庭院里，绿纱窗，厚绒帷子，静极。

…………

“嗐大白天做梦！叫了两声都不听见。想甚么，告诉我，告诉我。”

“不告诉你。你想我应当想甚么？”

“不告诉我，谁希罕，我自己也会想，看谁想的美。——这就走？”

还是“这就走”，好笑，好笑，不告诉，这是个多美的秘密。

江南三月，莺飞草长，杂花生树……飞的是“莺”，是“心”？

仰面躺在软软的绿草上，听溪水活活，江水浩浩，那么有韵律的响着，就像流在草下面，隔岸野花一片，芳香如梦，不惮远迢迢飞过来。一只小小青色蚱蜢跳到胸上，毛手毛脚的搔得人怪痒痒的，一把捏住后腿，一松，看它飞过那边去，落在另一个胸脯上了。

“啊，甚么呀？人家正想着事情。”

“谁知道，春天的东西。你怎么不说话呢？”

“说甚么。你一早就走，明见？”

“在你未醒之前，也许，在你睡了之后。”

“今天夜车？”

“到家正好天明，一家人都盼着我。哎，你看这鹁鸪鸪。”

“你听它们叫，若是双声，便要下雨了。雨天路很不好走。”

“如果一天白云是黑云。——谁知道鸟的眼睛！”

远远有歌声，不知是山上的，是水上的，清亮绵缠，是有意唱给人听的，想想那个聪明的该挨骂挨嗔的眼睛，便折了几根狗尾巴草咬在牙唇间。狗尾巴草使人不得不笑。

“别躲，我看见你笑。”

“为甚么看我？我不喜欢。我笑甚么？知道了才许看。”

“我么，笑那作歌的人。”

“我只好笑听歌的人了。我笑火车，笑江水，笑鹁鸪鸪，还笑云。有意无心的飞，好个洒脱人生观！”

“别笑云，云没有黑，天倒黑了。六点钟的车就快要大声说再见了，难道真赶最后一班车么？夜总是凉的。站上扫地的人多凄清，车走了，人走了，月台上的灯太亮。”

自江边回到城里，五点半，赶到车站至少二十五分钟，算了，难道赶最后一班车？落花声中，读完了那本书。

明天，一早上车站。不是等车，是等人，人却先来了。

“你来做甚么？”

“送人。”

“好，我买票去，一会儿陪你送人。”

“票买好了，来回票限期十天，你一定来。车六点四十分开，第一班。

“这是一盒吃的糖，足够陪你到家。

“这是一本书，车上看。

“刚才卖花的来，只有茉莉还有蕾子，可以养在汝窑盂子里。五朵排成一串，我买了十串，一天换一串簪着玩。噢，上车吧。还有五分钟。”

车快开时，忽然记起一件事，打开箱子，放进一本书，又拿出一本书，在两本书里各拿出一封信。忽然又一想，忙跳下车。

“你把茉莉花全扔了吧。”

“怎么？——噢。”

五年前在待车室里发了一个电报之后又写了一封快信：

“父亲：

这里有一种极美的花，每年只在这个时节开一次，开不了八九天，到春假完了时花也完了，容我盘玩几日吧。你愿意我有个好春天，所以我不回来了。”

“先生，车不开了。”

“不开最好，好极了，——啊，不开了？为甚么？”

“不大清楚，谁知道为甚么呢！”

侍役说完了话，竟自走了。待车室玻璃窗上全是水，外面景物模糊，如一个满眼泪水的人所看见的天地一样。路警对于车辆太熟悉了，全不发生兴趣，在泥与水的月台上来往的走，黑色的雨衣沙沙的发声。

我怎么办呢。

回去。没有雨鞋，没有雨伞，头发里的水流到脖子里。好像回不去。

回去，用一张素纸写了“待车室”三字贴在墙上。

灯下大声读书。我的声音若是高出了你，你看一看我，低头拂一拂头发，便用更高的声音赶过了我。如今“我”也是我，“你”也是我，一个在镜子里，一个在镜子外。

书帮助我们过了多少日子，读着，又平放在桌子上。

先生，你请坐坐吧。你累了呢。是呀，你忙得很。你一天到晚老是跑来跑去，真是！椅子是多么好一个主人呀，它多么诚恳，多么殷勤。

十二月十二日改抄

除　岁

守岁烛的黑烟摇摇的，像一条小水蛇游进黑暗里。烛泪漓漓淋淋的流满了锡烛台的周身，发散着一种淡淡的气味，烛焰忽大忽小，四壁的光影也便静静的变幻着。——说是守岁烛，其实也只是一支普通的赭红土烛而已，光秃秃的，没有甚么装饰。

窗纸上涂了清油，房门被一面厚厚的棉帘子挡着，室内渚积的炭酸过多了，教人觉得心头沉重。

想不到适当的事情做，随意伸手拿起火箸子，看看烛花并没有长起来——才挟过呀，便又放下了，移移坐在椅子里的屁股，轻轻的嘘出一口气。父亲抬起头来看了我一眼。

＊初刊于《文学杂志》（大地图书公司发行）一九四三年第一卷第二期，初收于人民文学版《汪曾祺全集》第一卷。

算盘珠子刷溜的响着，薄薄的关山纸一张一张的翻过。

过年了。……

收账的走遍千家门户，回来，摇摇头，说一声又长了不少见识便去睡了。在梦里，他还会看见自己一脸的无可奈何，和层层围着的灰白的眼睛，嗫嚅着的嘴唇吧。我看看桌上一堆散乱的角票和镍币，想起他的话："我知道，我知道，我知道唳！"不由得鼻子里喷出一个没有声音的笑，便随即止住了，似乎想收回去。

真的，过年了。

天，也真有个意思，几天来，灰里透亮的瓦块云紧紧的压着动都不动，板滞滞的，像是冰结了，怕就要下雪了吧，想一些蒙馆先生捋抻着黄胡子说："雪花六出，（是）丰年——之——兆——呵——。"

风呼哨着，括刷得几根军用电话线鬼一般叫，坐在家里会常常有泥粒掉到颈子里，这时节要出去走一趟是须用相当勇气与决心的，可是几天来街上行人不但不稀落，而且更多，更匆忙。

跟往年也没有甚么不同呵，这些。

低郁的炮声破散在风声里，一阵子紧，一阵子松，大概还在老地方，总还隔有几十里地，也轰了不少日子了，今夜都不会过来吧。用这个代替花炮点缀点缀也好，免得教年以为自己来错了日子。

一送了灶，果然竟有点过年气象了。其实，年自不许人忘记，不必甚么礼俗来装饰。老祖母白发上插上小心收藏的绒花，年青的姊姊修改着弟妹们不大上身的新衣裳，这些，会轻轻带来过年的心情和过年的感觉给驮着家的重量的人。

我若有所思的点上一支烟，目光停在学徒的细心抹拭过挂进来的招牌上。今年，很少店家把招牌加过油漆，飞过金，有大多数还在等着不可知的命运：也许要倚到幽黑的角落休息若干日子，也许在原来的某记上贴上一方红纸，从新改过字样，甚至还供出最后的用处，暖了人的身手，凉了人的心。谁知道呢？但是能挂到旧檐下让风雨吹打一些时的，仍旧要在熟人眼里闪耀着陈年的光辉，怎能不抹拭得干干净净的？

……这字，是祖父一个朋友写的，是个大名家，叫，叫甚么的？……

“还好，亏不了多少，够开消的了。”父亲推开算盘，移开面前账簿叠起的小山，摘下黑布护袖，用双手狠狠的抹一下脸，像抹去许多细粉的数目，站起身来。

“不早了吧？”

“嗯？”

他搓搓两手，把指头拉出声音，来回踱着，眉头皱起又放平，是在盘算着甚么。看他的神情，像一个坐了很多时候船的旅客到了家，还似在水上轻轻的摇着。

父亲少年时节完全是个少爷，作得好诗，舞得好剑，能骑人不敢近身的劣马，春秋佳日常常大醉三天不醒，对于生业完全不经意。现在却变成一个老老实实的生意人，教人简直不能相信。我凝视壁上挂着他的照像，想寻出一点风流倜傥的痕迹。

“你别笑，我知道你要笑的。”我本来一点都没有笑，经他一说倒真忍不住笑了。

“一到天明，你等着瞧吧，多少字号要在公会的名单上抅[1]去了。广源，新丰，玉记，……往年倒一两家铺子，大家心里虽然早都有了个底，可是不能不当桩大事议论着，今年啊，多了，大家反而不大在意了，也不再关心生财铺面之类的事情，只是听到某家还想撑着，倒好像很奇怪。船多不碍港，客多不碍路，兔死狐悲，要是有点办法，谁也不愿援之以手，然而自顾都不暇了，只好眼睁睁看着一爿一爿的不声不响的倒。我看有弄得米没地方买的日子。”

说着一手抓起茶杯，把杯内的残茶往嘴里倒，大概茶早已凉透了，他用力打了个寒噤，把茶都泼在痰盂里。

“你说，恁们许多铺子，就没有一个有眼光，有手腕的

1 “抅”今作“勾”。——编者注

吗？有。可是这年头，有翻江倒海的本领也不行。就只有德太还好些，辅成的流年的确不坏，他今年心血来潮的忽然想代做陆陈[1]，谁知竟做上了，这样上下一扯，他大概还挣了点。上板上眼的都不成。一入秋，上河的早食子[2]全教个不见面的人给收了去，三十子，五十子，吓一跳[3]，今年一担都没见，你说可怪不怪？那么只好在下河一带着眼了，冒了多大的危险，收到一点迟食子。路程远，水脚重，蚀斛大[4]，当然卖价也就水涨船高了。前天还有人说呢：米卖四千八，扒米店不放（犯）法，我看四万八的时候也不足怪，扒也扒不出甚么油水。说真的，能有法子啊，谁忍有一些小户人家半饥半饱的，天天量米的时候总是吵嘴。吃不起米当然只好带着杂粮吃了。这一来，倒成全了辅成。真的好笑，万安堂的陶老板前天还跟我说：'别的行业不说，民贫则俭，可省的省了，不景气是意中事，你们这一业，食为民天，米都是要吃的，怎么也不行了？'我望他笑笑，说：'甚么都可以省，病却省不了啊，有钱的或许参汤燕窝吃得少一点，穷人，摆子痢疾更较往年多些，今年吃了些不惯的东西，肠胃里免不了要闹闹，你们大黄芒硝都少不了，有人照顾，你却为甚么

1 杂粮生意叫做陆陈。

2 早稻叫早食子。

3 稻。都是早食子。

4 运费叫水脚。稻上下、囤晒、粜籴等事都有减损，谓之蚀斛。

总是成天嚷着亏啊折的？’”

恐怕今年材板铺子倒有点赚头，死都还是要死的，万字纹的棺材，三道紫金箍[1]究竟不大有人用。我沉吟着，把烧到指边的烟卷丢到痰盂里，嗞——马上黑了。

炮声又紧了，纸窗沙沙的抖了一阵。也辨不清是敌人的，是我们的。夜来，炮声就没停过，不过到紧的时候才教人一惊。

“这次是抗战，抗战，我们难道不明白吗？为了抗战，商人吃点苦是应该的，只是——”父亲的话说不下去了，沉沉的坐到椅子里，拨弄着算盘，好像那种轻快的声音能给他安慰，能平抑心里的骚乱。

“前天商会慰劳团带了不少煮熟了的腌肉去，原想让弟兄们也知道过年了，也算一点意思，看这样，前线上一定紧张着哩，恐怕他们连这点腌肉也没工夫吃。唉，恐怕他们连在家怎样过年的心思都没空去想，……”父亲摇摇头，眼睛看那支燃得正旺的守岁烛。

“写春联吧，年，总是要过的。墨已经研好了，在架子上茶杯里，你拿来滲点水，炖在脚炉上，写春联的墨要熟，才有光。炉里该还有火，三十夜，要拆夜火烈。纸，——怎么‘万年红’买不到？这是本城出的啊！没有就将就省用

1 以芦席裹尸，外束草索。

吧。”父亲把心事推开了一点，想到过年了。

“大门后的联字换换，就用频忧启瑞，多，——多福兴邦。”

“福？”

“福。大年下，用个难字让老太爷看见要不高兴。”

“那，忧字为甚不换一个呢？”

“忧总是忧的，难道不忧么？只要能启瑞就好。哈哈。”

夜深了，寒气愈重了，我拨拨火盆里的炭，炭烧得正炽，红得像是透明的，只是一拨之后，一些白灰飞了起来，落得我一身。

“不行，一会儿就要支不住了，你去再搬点炭来加上去，喉，回来，索兴拿壶酒来。”

炭火更旺了，我又撒了些柏叶，一室都是香气。

“喝，我久不同你喝了，今天不是个平常日子，我们爷儿俩守守岁，来，干！”

我近几年都在外县，一年难得回来趟把，回来，也不正赶上过年，今年难得抽空回来，看看一切都变了，心中不知是甚么味道，难得看见父亲这样高兴，我自然是高兴的。

“干。”但是我的杯子停在一个声音里：

——噔，睡醒些，屋上瓦响，莫疑猫狗，起来望望。……水缸上满，铜炉子丢远些，小心火烛啊，……噔……

嗤。渐近渐远渐渐走过深巷，铜锣的声音敲破了夜的深沉。

“这是敲岁尾更，每年腊月二十四以后都要敲的，怎么离家才几年，把故乡的风俗都忘了？不记得了吗，你小时候还常常学着叫呢。铜炉盖子不知被你敲破了多少，不晓得是甚么字眼，一定缠着要妈教你。听——”

——笃，笃，笃，我看见了，看见啦，躲也没有用，我看见来，墙犄角的影子里，看见啰，别跑，别跑，笃，笃，笃，笃……

“这个我知道了，是冬防局敲梆子的，我还躲在门缝儿偷看过。他这么一叫，毛贼都吓跑了，会捉得到？”

“也就是吓吓罢了。”

当……当，笃，笃，笃笃，笃，……当……

“呃，抡二爷今儿——”

“哦，抡二爷今儿来找过您一趟，说——”

“我知道了，抡二爷时运也太不济，今年景况很不好，又添了个孩子，真是要他来的，偏不来，不要他的，偏来。他，人又老实无用，一家大小全靠二娘一个人戳针头子戳出点钱来吃饭，这样，那成？他心也太好，又专为别人的事东奔西走的。我已经跟大家商议，把慰劳团募来的棉衣交给二娘做了，这样也免得被人克扣棉花，你明儿帮忙到商会里取来。他还有甚么事吗？”

“他说詹世善还有甚么事情要拜托您，说告诉您，您就知道，千万请您出点力。”

“哦。”父亲用手指把着桌面，一声，一声，很慢。

“又是一个。詹世善这人也固执得可以。张远谋说要留他，他偏不肯，却又四处托人找事，人家这都要裁人呢，教我哪儿想法去。”

“是怎么回事呢？”

“是这样的，你知道张远谋是公会主席，今年弄得也不好，但是还不至于倒，他是为了做军米，把铺面没了，只留几个师傅和一个老桂[1],别的人都辞了。去年因为军米的关系，大家受的影响也不小，他便代表同业去跟军用代办所交涉，说以后所有军米一概归他一家包做，不要临时摊派各家，耽误营业，两方面都省麻烦，这事原是克己利人的。詹世善原是张远谋信任的人，看他家累又重，便说我们是多年宾东，我仍旧留你，一切照旧，可是他啊，说是不能做事，于心不安，坚辞要走。真是个淳厚人。”

“那怎么办呢？”

“只好跟辅成说说看了，只怕也没有大希望噢。——往年添个人，算得了甚么，今年守岁酒都吃过了，还没个

1　管理机器的人，故乡谓之“老桂”。老桂是甚么意思，不得而知。这里的老桂是管轧米机的。

分晓。”

“敲门。”

“哎？这会儿有谁来？”

父亲掀开棉帘，一步跨了出去，我拿了蜡烛跟在后面。

我们站在门旁，屏着气听着，心里不免有点忐忑，等待着甚么事发生。门环又响。

“那个？”

“是我。”

“哦，是远翁，有甚么事？进来坐吧？”

“不，不，不，我这就要走，你门上封着元宝[1]，怎能开，你不用开，不用开。”

“有甚么要紧事吗？前线上怎样了？”

“很好，前线上，冲过去二十几里，扎到小杨村了，小杨村离麒麟坝还有四十多。我就要去，跟王团附一块去，把慰劳品带到团部，一天亮就走。唳，你知道收上河一带稻子的是谁？”

“谁？”

“陈国斌，全是替敌人收的。”

“陈国斌？是去年春上被驱逐出境的？”

“是他，汉奸！”

---

1 故乡风俗，除夕以纸钱粘成元宝形以封门。

“现在怎样了？”

“逮到了，他正想把稻子偷运过去，由湖里。在杨林溏就擒的。所有囤粮，全部搜到，明春是没大问题了。我已经在拜年片上写明叫同业能支持的还是支持，市面要紧。”

“对，市面要紧。”

“我大概得过两天回来，这事得拜托您。”

“当然，当然，反正还有几天，大家到初六才会开门哩，明天一早我就去各家走走，商量个办法，单单是裁下这些人也没办法。”

“是啊，教他们都拿甚么吃去。当然现在县里对于那批粮食还没有一个处置，不过我想是没多大问题的。开，老板们自然不会有好处，不过只好也看得轻些了。”

“谁也不忍心看先人遗下来的或是自己一手创置的生财器物生虫上锈，我想没多大问题，开。——你呢？”

“我？自然还是做军米。哦，老詹的事情千万您得给帮忙，您把他的事看作我的事吧。我知道辅成差个内帐，他想自己来，你跟他说，老詹做事，克实地道，再，我们坦坦白白的说，薪俸高低总好说。如何？只是这事您决不可告诉老詹，回头他又是不肯。拜托，拜托。”

“好，辅成大概也拗不过我的面子。”

“怎么样，你今年？”

“还好。”

“你是百节之虫，——”

“见笑，见笑。”

哈哈哈哈，门里门外一片笑声。一种压抑不住的真正的笑。

“就这么说，我走了，再见。”

“再见，好走。”沉着有力的脚步声渐渐远了。

“干。”

“干。”

父亲和我的眼睛全飘在墨沈未干的春联上，春联非常的鲜艳。一片希望的颜色。

三月十三日草成

小学校的钟声
——茱萸小集之一

瓶花收拾起台布上细碎的影子。磁瓶没有反光，温润而寂静，如一个人的品德。磁瓶此刻比它抱着的水要略微凉些。窗帘因为暮色浑染，沉沉静垂。我可以开灯。开开灯，灯光下的花另是一个颜色。开灯后，灯光下的香气会不会变样子？可作的事好像都已作过了，我望望两只手，我该如何处置这个？我把它藏在头发里么？我的头发里保存有各种气味，自然它必也吸取了一点花香。我的头发，黑的和白的。每一游尘都带一点香。我洗我的头发，我洗头发时也看见这瓶花。

天黑了，我的头发是黑的。黑的头发倾泻在枕头上。我的手在我的胸上，我的呼吸振动我的手。我念了念我的名

* 初刊于《文艺复兴》一九四六年第一卷第二期，初收于《茱萸集》。

字，好像呼唤一个亲昵朋友。

小学校里的欢声和校园里的花都溶解在静沉沉的夜气里。那种声音实在可见可触，可以供诸瓶几，一簇，又一簇。我听见钟声，像一个比喻。我没有数，但我知道它的疾徐，轻重，我听出今天是西南风。这一下打在那块铸刻着校名年月的地方。校工老詹的汗把钟绳弄得容易发潮了，他换了一下手。挂钟的铁索把两棵大冬青树干拉近了点，因此我们更不明白地上的一片叶子是哪一棵树上落下来的；它们的根胡已经彼此要呵痒玩了吧。又一下，老詹的酒瓶没有塞好，他想他的猫已经看见他的五香牛肉了。可是又用力一下。秋千索子有点动，他知道那不是风。他笑了，两个矮矮的影子分开了。这一下敲过一定完了，钟绳如一条蛇在空中摆动，老詹偷偷的到校园里去，看看校长寝室的灯，掐了一枝花，又小心又敏捷：今天有人因为爱这枝花而被罚清除花上的蚜虫。“韵律和生命合成一体，如钟声。”我活在钟声里。钟声同时在我生命里。天黑了。今年我二十五岁。一种荒唐继荒唐的年龄。

十九岁的生日热热闹闹的过了，可爱得像一种不成熟的文体，到处是希望。酒阑人散，厅堂里只剩余一枝红烛，在银烛台上。我应当挟一挟烛花，或是吹熄它，但我甚么也不做。一地明月。满宫明月梨花白，还早得很。甚么早得很，十二点多了！我简直像个女孩子。我的白围巾就像个女孩子的。该睡了，明天一早还得动身。我的行李已经打好了，今天我大概睡那条大红绫子被。

一早我就上了船。

弟弟们该起来上学去了。我其实可以晚点来，跟他们一齐吃早点，即是送他们到学校也不误事。我可以听见打预备钟再走。

靠着舱窗，看得见码头。堤岸上白白的，特别干净，风吹起鞭爆纸。卖饼的铺子门板上错了，从春联上看得出来。谁，大清早骑驴子过去的？脸好熟。有人来了，这个人会多给挑夫一点钱，我想。这个提琴上流过多少音乐了，今天晚上它的主人会不会试一两支短曲子。夥，这个箱子出过国！旅馆老板应当在招纸上印一点诗，旅行人是应当读点诗的。这个，来时跟我一齐来的，他口袋里有一包胡桃糖，还认得我么？我记得我也有一大包胡桃糖，在箱子里，昨天大姑妈送的。我送一块糖到嘴里时，听见有人说话：

“好了，你回去吧，天冷，你还有第一堂课。”

“不要紧，赶得及；孩子们会等我。”

“老詹第一课还是常晚打五分钟么？”

“甚么？——是的。”

岸上的一个似乎还想说甚么，嘴动了动，风大，想还是留到写信时说。停了停，招招手说：

“好，我走了。”

“再见。啊呀！——”

“怎么？”

“没甚么。我的手套落到你那儿了。不要紧。大概在小茶几上，插梅花时忘了戴。我有这个！”

“找到了给你寄来。”

“当然寄来，不许昧了！”

“好小气！”

岸上的笑笑，又扬扬手，当真走了。风披下她的一绺头发来了，她已经不好意思歪歪的戴一顶绒线帽子了。谁教她就当了老师！她在这个地方待不久的，多半到暑假就该含一汪眼泪向学生告别了，结果必是老校长安慰一堆小孩子，连这个小孩子。我可以写信问弟弟：“你们学校里有个女老师，脸白白的，有个酒涡，喜欢穿蓝衣服，手套是黑的，边口有灰色横纹，她是谁，叫甚么名字？声音那么好听，是不是教你们唱歌？——”我能问么？不能，父亲必会知道，他会亲自到学校里看看去。年纪大的人真没有办法！

我要是送弟弟去，就会跟她们一路来。不好，老詹还认得我。跟她们一路来呢，就可以发现船上这位的手套忘了，哪有女孩子这时候不戴手套的。我会提醒她一句。就为那个颜色，那个花式，自己挑的，自己设计的，她也该戴。——“不要紧，我有这个！”甚么是“这个”，手笼？大概是她到伸出手来摇摇时才发现手里有一个甚么样的手笼，白的？我没看见，我甚么也没看见。只缘身在此山中，我在船上。梅花，梅花开了？是硃砂还是绿萼？校园里旧有两棵的。波——汽笛叫了。一个小轮船安了这么个大汽笛，岂有此理！我躺下吃我的糖。……

“老师早。”

“小朋友早。”

我们像一个个音符走进谱子里去。我多喜欢我那个棕色的书包。蜡笔上沾了些花生米皮子。小石子，半透明的，从河边捡来的。忽然摸到一块糖，早以为已经在我的嘴里甜过了呢。水泥台阶，干净得要我们想洗手去。“猫来了，猫来了。”“我的马儿好，不喝水，不吃草。”下课钟一敲，大家噪得那么野，像一簇花突然一齐开放了。第一次栖来这个园里的树上的鸟吓得不加思索的便鼓翅飞了，看看别人都不动，才又飞回来，歪着脑袋向下面端详。我六岁上幼稚园。玩具橱里有个Joker至今还在那儿傻傻的笑。我在一张照片里骑木马，照片在粉墙上发黄。

百货店里我一眼就看出那是我们幼稚园的老师。她把头发梳成圣玛丽的样子。她一定看见我了，看见我的校服，看见我的受过军训的特有姿势。她装作专心在一堆纱手巾上。她的脸有点红，不单是因为低头。我想过去招呼，我怎么招呼呢？到她家里拜访一次？学校寒假后要开展览会吧，我可以帮她们剪纸花，扎蝴蝶。不好，我不会去的。暑假我就要考大学了。

我走出舱门。

我想到船头看看。我要去的向我奔来了。我抱着胳膊，不然我就要张开了。我的眼睛跟船长看得一般远。但我改了主意。我走到船尾去。船头迎风，适于夏天，现在冬天还没有从我语言的惰性中失去。我看我是从哪里来的。

水面简直没有甚么船。一只鹭鸶[1]用青色的脚试量水里的太阳。岸上柳树枯干子里似乎已经预备了充分的绿。左手珠湖笼着轻雾。一条狗追着小轮船跑。船到九道湾了，那座庙的朱门深闭在逶迤的黄墙间，黄墙上面是蓝天下的苍翠的柏树。冷冷的是宝塔檐角的铃声在风里摇。

从呼吸里，从我的想像，从这些风景，我感觉我不是一个人。我觉得我不大自在，受了一点拘束。我不能吆喝那只鹭鸶，对那条狗招手，不能自作主张把那一堤烟柳移近庙旁，而把庙移在湖里的雾里。我甚至觉得我站着的姿势有点

1 “鹭鸶”即“鹭鸶”。——编者注

放肆，我不是太睥睨不可一世就是像不绝俯视自己的灵魂。我身后有双眼睛。这不行，我十九岁了，我得像个男人，这个局面应当由我来打破。我的胡桃糖在我手里。我转身跟人互相点点头。

“生日好。”

“好，谢谢。——”生日好！我眨了眨眼睛。似乎有点明白。这个城太小了。我拈了一块糖放进嘴里，其实胡桃皮已经麻了我的舌头。如此，我才好说。

“吃糖。”一来接糖，她就可走到栏杆边来，我们的地位得平行才行。我看到一个黑皮面的速写簿，它看来颇重，要从腋下滑下去的样子，她不该穿这么软的料子。黑的衬亮所有白的。

“画画？”

“当着人怎么动笔。”

当着人不好动笔，背着人倒好动笔？我倒真没见到把手笼在手笼里画画的，而且又是个白手笼！很可能你连笔都没有带。你事先晓得船尾上就有人？是的，船比城更小。

“再过两三个月，画画就方便了。”

“那时候我们该拼命忙毕业考试了。”

“噢呵，我是说树就都绿了。”她笑了笑，用脚尖踢踢甲板。我看见袜子上有一块油斑，一小块药水棉花凸起，既然[1]敷得极薄，还是看得出。好，这可会让你不自在了，这块油斑会在你感觉中大起来，棉花会凸起，凸起如一个小山！

“你弟弟在学校里大家都喜欢。你弟弟像你，她们说。”

“我弟弟像我小时候。”

她又笑了笑。女孩子总爱笑。“此地实乃世上女子笑声最清脆之一隅。”我手里的一本书里印着这句话。我也笑了笑。她不懂。

我想起背乘数表的声音。现在那几棵大银杏树该是金黄色的了吧。它吸收了多少这种背诵的声音。银杏树的木质是松的，松到可以透亮。我们从前的图画板就是用这种木头做的。风琴的声音属于一种过去的声音。灰尘落在教室里的绉纸饰物上。

“敲钟的还是老詹？”

“剪校门口冬青的也还是他。”

冬青细碎的花，淡绿色；小果子，深紫色。我们仿佛并肩从那条拱背的砖路上一齐走进去。夹道是平平的冬青，比我们的头高。不多久，快了吧，冬青会生出嫩红色的新枝叶，于是老詹用一把大剪子依次剪去，就像剪头发。我们并肩走进去，像两个音符。

1 “既然”疑为“虽然”。——编者注

我们都看着远远的地方，比那些树更远，比那群鸽子更远。水向后边流。

要弟弟为我拍一张照片。呵，得再等等，这两天他怎么能穿那种大翻领的海军服。学校旁边有一个铺子里挂着海军服。我去买的时候，店员心里想甚么，衣服寄回去时家里想甚么，他们都不懂我的意思。我买一个秘密，寄一个秘密。我坏得很。早得很，再等等，等树都绿了。现在还只是梅花开在灯下。疏影横斜于我的生日之中。早得很，早甚么，嗐，明天一早你得动身，别尽弄那花，看忘了事情，落了东西！听好，第一次钟是起身钟。

“你看，那是甚么？”

“乡下人接亲，花轿子。”——这个东西不认得？一团红吹吹打打的过去，像个太阳。我看着的是指着的手。修得这么尖的指甲，不会把手套戳破？我撮起嘴唇，河边芦苇嘘嘘响，我得警告她。

“你的手冷了。”

“哪有这时候接亲的。——不要紧。”

“路远，不到晌午就发轿。拣定了日子。就像人过生日，不能改的。你的手套，咳，得三天样子才能寄到。——”

她想拿一块糖，想拿又不拿了。

“用这个不方便，不好画画。”

她看了看指甲，一片月亮。

“冻疮是个讨厌东西。”讨厌得跟记忆一样。“一走多路，发热。”

她不说话，可是她不用一句话简直把所有的都说了：她把速写簿放在旁边的凳子上，把另一只手也褪出来，很不屑的把手笼放在速写簿上。手笼像一头小猫。

她用右手手指转正左手上一个石榴子的戒指，看了我一眼，这一眼的意思是：

看你还有甚么说的！

我若再说，只有说：

你看，你的左手就比右手红些，因为她受暖的时间长些。你的体温从你的戒指上慢慢消失了。李长吉说“腰围白玉冷”，你的戒指一会儿就显得硬得多！

但是不成了，放下她的东西时她又稍稍占据比我后一点的地位了。我发现她的眼睛有一种跟人打赌的光，而且像邱比德一样有绝对的把握样子。她极不恭敬看着我的白围巾，我的围巾且是薰了一点香的。

来一阵大风，大风，大风吹得她的眼睛冻起来，哪怕也冻住我们的船。

她挪过她的眼睛，但原来在她眼睛里的立刻搬上她的嘴角。

万籁无声。

胡桃皮硝制我的舌头。

一放手，我把一包糖掉落到水里，有意甚于无意。糖衣从胡桃上解去。但胡桃里面也透了糖。胡桃本身也是甜的。胡桃皮是胡桃皮。

“走吧，验票了。”她说话了，说了话，她恢复不了原来的样子了。感谢船是那么小：

“到我舱里来坐坐。我有不少橘子，这么重，才真不方便。我这是请客了。”

我的票子其实就在身上，不过我还是回去一下。我知道我是应当等一会才去赴约的。半个钟头，差不多了吧。当然我不能吹半点钟风，因为我已经吹了不止半点钟风。而且她一定预料我不会空了两手去，她知道我昨天过生日。（她能记得多少时候，到她自己过生日时会不会想起这一天？想到此，她会独自嫣然一笑，当她动手切生日糕时。她自有她的秘密。）现在，正是时候了：

弟弟放午课回家了，为折磨皮鞋一路踢着石子。河堤西侧的阴影洗去了。弟弟的音乐老师在梅瓶前入神，鸟声灌满了校园。她拿起花瓶后面一双手套，一时还没想到下午到邮局去寄。老詹的钟声颤动了阳光，像颤动了水，声音一半扩散，一半沉淀。

“好，当然[illegible]早闻见橘子香了。”

差点儿我说[illegible]唢呐声音消失了，也消失了湖上的雾，一种消失于[illegible]，而并使人知觉于消失之后。

果然，半点钟之[illegible]袜子。一层轻绡从她的脚上褪去，和怜和爱她看看白[illegible]，想起雨后在洁白的浅滩上印一湾苗条的痕迹，一种[illegible]的温柔。怕太娇纵了自己，她赶快穿上一双。

小桌上两个剥了的橘子。橘[illegible]那头白猫。

“好，你是来做主人了。”

放下手里的一盒点心，一个开好[illegible]我的手指接触到白色的毛，又凉又滑。

“你是哪一班的？”

“比你低两班。”

“我怎么不认识你？”

“我是插班进去的，当中还又停了一年。”

她心里一定也笑，还不认识！

“你看过我弟弟？”

“昨天还在我表姐屋里玩来的。放学时逗他玩，不让他回去，急死了！”

“欺负小孩子，你表姐[1]是不是那里毕业的？”

---

1 初刊本为“表姊”。从初版本。——编者注

“她生了一场病，不然比我早四班。”

“那她一定在那个教室上过课，窗户外头是池塘，坐在窗户台上可以把钓竿伸出去钓鱼。我钓过一条大乌鱼，想起祖母说，乌鱼头上有北斗七星，赶紧又放了。”

“池塘里有个小岛，大概本来是座坟。”

“岛上可以拣野鸭蛋。”

“我没拣过。”

“你一定拣过，没有拣到！”

“你好像看见似的。要橘子，自己拿。那个和尚的石塔还好好的。你从前懂不懂刻在上头的字？”

“现在也未见得就懂。”

“你在校刊上老有文章。我喜欢塔上的莲花。”

“莲花还好好的。现在若能找到我那些大作，看看，倒非常好玩。”

“昨天我在她们那儿看到好些学生作文。”

“这个多吃点不会怎么，笋，怕甚么。”

“你现在还画画么？”

“我没有速写簿子。你怎晓得我喜欢过？”

我高兴有人提起我久不从事的东西。我实在应当及早学画，我老觉得我在这方面的成就会比我将要投入的工作可靠得多。我起身取了两个橘子，却拿过那个手笼尽抚弄。橘子还是人家拿了坐到对面去剥了。我身边空了一点，因此我觉得我有理由不放下那种柔滑的感觉。

“我们在小学顶高兴野外写生。美术先生姓王，说话老是‘譬如’‘譬如’，——画来画去，大家老是画一个拥在丛树之上的庙檐；一片帆，一片远景；一个茅草屋子，黑黑的窗子，烟囱里不问早晚都在冒烟。老去的地方是东门大窑墩子，泰山庙文游台，王家亭子……”

“傅公桥，东门和西门的宝塔，……”

“西门宝塔在河堤上，实在我们去得最多的地方是河堤上。老是问姓瞿的老太婆买荸荠吃。”

“就是这条河，水会流到那里。”

“你画过那个渡头，渡头左近尽是野蔷薇，香极了。”

“那个渡头……渡过去是潭家坞子。坞子里树比人还多，画眉比鸭子还多……”

“可是那些树不尽是柳树，你画的全是一条一条的。”

“…………”

“那张画至今还在成绩室里。”

“不记得了，你还给人改了画，那天是全校春季远足，王老师忙不过来了，说大家可以请汪曾祺改，你改得很仔细，好些人都要你改。”

“我的那张画也还在成绩室里，也是一条一条的。表姐昨天跟我去看过。……”

我咽下一小块停留在嘴里半天的蛋糕，想不起甚么话说，我的名字被人叫得如此自然。不自觉的把那个柔滑的感觉移到脸上，而且我的嘴唇也想埋在洁白的窝里。我的样子有点傻，我的年龄亮在我的眼睛里。我想一堆带露的蜜波花瓣拥在胸前。

一块橘子皮飞过来，刚好砸在我脸上，好像打中了我的眼睛。我用手掩住眼睛。我的手上感到百倍于那只猫的柔润，像一只招凉的猫，一点轻轻的抖，她的手。

波——，岂有此理，一只小小的船安这么大一个汽笛。随着人声喧沸，脚步忽乱。

“船靠岸了。”

“这是 × ×，晚上才能到□□。”

“你还要赶夜车？”

“大概不，我尽可以在□□耽搁几天，玩玩。”

“甚么时候有兴给我画张画。——”

“我去看看，姑妈是不是来接我了，说好了的。”

“姑妈？你要上了？”

“她脾气不大好，其实很好，说叫去不能不去。”

我揉了揉眼睛，把手笼交给她，看她把速写簿子放进箱子，扣好大衣领子，知道她说的是真的。

“箱子我来拿，你笼着这个不方便。”

“谢谢，是真不方便。”

当然，老詹的钟又敲起来了。风很大，船幌[1]得厉害，每个教室里有一块黑板。黑板上写许多字，字与字之间产生一种神秘的交通，钟声作为接引。我不知道我在船上还是在水上，我是怎么活下来的。有时我不免稍微有点疯，先是人家说起后来是我自己想起。钟！……

四月廿七日夜写成。

廿九日改易数处，添写最后两句。

一月不熬夜，居然觉得疲倦。我的疲倦引诱我。

纪念我的生日，纪念几句话。

1 “幌”同“晃”。——编者注

花　园

——茱萸小集二

在任何情形之下，那座小花园是我们家最亮的地方。虽然它的动人处不是，至少不仅在于这点。

每当家像一个概念一样浮现于我的记忆之上，它的颜色是深沉的。

祖父年青时建造的几进，是灰青色与褐色的。我自小养育于这种安定与寂寞里。报春花开放在这种背景前是好的。它不至被晒得那么多粉，固然报春花在我们那儿很少见，也许没有，不像昆明。

曾祖留下的则几乎是黑色的，一种类似眼圈上的黑色，（不要说它是青的）里面充满了影子。这些影子足以使供在

＊初刊于昆明《文聚》一九四五年第二卷第三期，初收于北师大版《汪曾祺全集》第三卷。

神龛前的花消失。晚间点上灯，我们常觉那些布灰布漆的大柱子一直伸拔到无穷高处。神堂屋里总挂一只鸟笼，我相信即是现在也挂一只的。那只青裆子永远眯着眼假寐，（我想它做个哲学家，似乎身子太小了。）只有巳时将尽，它唱一会，洗个澡，抖下一团小雾在伸展到廊内片刻的夕阳光影里。

一下雨，甚么颜色都重郁起来，屋顶，墙，壁上花纸的图案，甚至鸽子：铁青子，瓦灰，点子，霞白。宝石眼的好处这时才显出来。于是我们，等斑鸠叫单声，在我们那个园里叫。等着一棵榆梅稍经一触，落下碎碎的瓣子，等着重新着色后的草。

我的脸上若有从童年带来的红色，它的来源是那座花园。

我的记忆有菖蒲的味道。然而我们的园里可没有菖蒲呵？它是哪儿来的，是那些草？这是一个无法解决的问题。但是我此刻把它们没有理由的纠在一起。

“巴根草，绿阴阴，唱个唱，把狗听。”每个小孩子都这么唱过吧。有时甚么也不做，我躺着，用手指绕住它的根，用一种不露锋芒的力量拉，听顽强的根胡一处一处断了。这种声音只有拔草的人自己才能听得见。当然我嘴里是含着一根草了。草根的甜味和它的似有若无的水红色是一种自然的巧合。

草被压倒了。有时我的头动一动，倒下的草又慢慢站起来。我静静的注视它，很久很久，看它的努力快要成功时，又把头枕上去，嘴里叫一声“嗯！”有时，不在意，怜惜它的苦心，就算了。这种性格呀！那些草有时会吓我一跳的，它在我的耳根伸起腰来了，当我看天上的云。

我的鞋底是滑的，草磨得它发了光。

莫碰臭芝麻，沾惹一身，嗐，难闻死人。沾上身了，不要用手指去拈，用刷子刷。这种籽儿有带钩儿的毛，讨嫌死了。至今我不能忘记它：因为我急于要捉住那个“都溜”（一种蝉，叫得最好听），我举着我的网，蹑手蹑脚，抄近路过去，循它的声音找着时，拍，得了。可是回去，我一身都是那种臭玩意。想想我捉过多少“都溜”！

我觉得虎耳草有一种腥味。

紫苏的叶子上的红色呵，暑假快过去了。

那棵大垂柳上常常有天牛，有时一个，两个的时候更多。它们总像有一桩事情要做，六只脚不停的运动，有时停下来，那动着的便是两根有节的触须了。我们以为天牛触须有一节它就有一岁。捉天牛用手，不是如何困难工作，即使它在树枝上转来转去，你等一个合适地点动手，常把脖子弄累了，但是失望的时候很少。这小小生物完全如一个有教养惜身份的绅士，行动从容不迫，虽有翅膀可从不想到飞；即是飞，也不远。一捉住，它便吱吱纽纽的叫，表示不同意，然而行为依然是温文尔雅的。黑地白斑的天牛最多，也有极瑰丽颜色的。有一种还似乎带点玫瑰香味。天牛的玩法是用线扣在颈子上看它走。令人想起……不说也好。

蟋蟀已经变成大人玩意了。但是大人的兴趣在斗，而我们对于捉蟋蟀的兴趣恐怕要更大些。我看过一本秋虫谱，上面除了苏东坡米南宫，还有许多济颠和尚说的话，都神乎其神的不大好懂。捉到一个蟋蟀，我不能看出它颈子上的细毛是瓦青还是朱砂，它的牙是米牙还是菜牙，但我仍然是那么欢喜。听，瞿瞿瞿瞿，哪里？这儿是的，这儿了！用草掏，手扒，水灌，嚯，蹦出来了。顾不得螺螺藤拉了手，扑，追着扑。有时正在外面玩得很好，忽然想起我的蟋蟀还没喂呐，于是赶紧回家。我每吃一个梨，一段藕，吃石榴吃菱，都要分给它一点。正吃着晚饭，我的蟋蟀叫了。我会举着筷子听半天，听完了对父亲笑笑，得意极了。一捉蟋蟀，那就整个园子都得翻个身。我最怕翻出那种软软的鼻涕虫。可是堂弟有的是办法，撒一点盐，立刻它就化成一滩水了。

有的蝉不会叫，我们称之为哑巴。捉到哑巴比捉到“红娘”更坏。但哑巴也有一种玩法。用两个马齿苋的瓣子套起它的眼睛，那是刚刚合适的，仿佛马齿苋的瓣子天生就为了这种用处才长成那么个小口袋样子，一放手，哑巴就一直向上飞，决不偏斜转弯。

蜻蜓一个个选定地方息下，天就快晚了。有一种通身铁色的蜻蜓，翅膀较窄，称“鬼蜻蜓”。看它款款的飞在墙角花阴，不知甚么道理，心里有一种说不出来的难过。

好些年看不到土蜂了。这种蠢头蠢脑的家伙，我觉得它也在花朵上把屁股撅来撅去的，有点不配，因此常常愚弄它。土蜂是在泥地上掘洞当作窠的。看它从洞里把个有绒毛的小脑袋钻出来（那神气像个东张西望的近视眼），嗡，飞出去了，我使用一点点湿泥把那个洞封好，在原来的旁边给它重掘一个，等着，一会儿，它拖着肚子回来了，找呀找，找到我掘的那个洞，钻进去，看看，不对，于是在四近大找一气。我会看着它那副急像笑个半天。或者，干脆看它进了洞，用一根树枝塞起来，看它从别处开了洞再出来。好容易，可重见天日了，它老先生于是坐在新大门旁边息息，吹吹风。神情中似乎是生了一点气，因为到这时已一声不响了。

祖母叫我们不要玩螳螂，说是它吃了土谷蛇的脑子，肚里会生一种铁线蛇，缠到马脚脚就断，甚么东西一穿就过去了，穿到皮肉里怎么办？

它的眼睛如金甲虫，飞在花丛里五月的夜。

故乡的鸟呵。

我每天醒在鸟声里。我从梦里就听到鸟叫，直到我醒来。我听得出几种极熟悉的叫声，那是每天都叫的，似乎每天都在那个固定的枝头。

有时一只鸟冒冒失失飞进那个花厅里，于是大家赶紧关门，关窗子，吆喝，拍手，用书扔，竹竿打，甚至把自己帽子向空中摔去。可怜的东西这一来完全没了主意，只是横冲直撞的乱飞，碰在玻璃上，弄得一身蜘蛛网，最后大概都是从两椽之间空隙脱走。

园子里时时晒米粉，晒灶饭，晒碗儿糕。怕鸟来吃，都放一片红纸。为了这个警告，鸟儿照例就不来，我有时把红纸拿掉让它们大吃一阵，到觉得它们太不知足时，便大喝一声赶去。

我为一只鸟哭过一次。那是一只麻雀或是癞花。也不知从甚么人处得来的，欢喜的了不得，把父亲不用的细篾笼子挑出一个最好的来给它住，配一个最好的雀碗，在插架上放了一个荸荠，安了两根风藤跳棍，整整忙了一半天。第二天起得格外早，把它挂在紫藤架下。正是花开的时候，我想是那全园最好的地方了。一切弄得妥妥当当后，独自还欣赏了好半天，我上学去了。一放学，急急回来，带着书便去看我的鸟。笼子掉在地下，碎了，雀碗里还有半碗水，“我的鸟，我的鸟呐！”父亲正在给碧桃花接枝，听见我的声音，忙走过来，把笼子拿起来看看，说：“你挂得太低了，鸟在大伯的玳瑁猫肚子里了。”哇的一声，我哭了。父亲推着我的头回去，一面说“不害羞，这么大人了”。

有一年，园里忽然来了许多夜哇子。这是一种鹭鸶属的鸟，灰白色，据说它们头上那根毛能破天风。所以有那么一种名，大概是因为它的叫声如此吧。故乡古话说这种鸟常带来幸运。我见它们吃吃喳喳做窠了，我去告诉祖母，祖母去看了看，没有说甚么话。我想起它们来了，也有一天会像来了一样又去了的。我尽想，从来处来，从去处去，一路走，一路望着祖母的脸。

园里甚么花开了，常常是我第一个发现。祖母的佛堂里那个铜瓶里的花常常是我换新。对于这个孝心的报酬是有须掐花供奉时总让我去，父亲一醒来，一股香气透进帐子，知道桂花开了，他常是坐起来，抽支烟，看着花，很深远的想着甚么。冬天，下雪的冬天，一早上，家里谁也还没有起来，我常去园里摘一些冰心腊梅的朵子，再掺着鲜红的天竺果，用花丝穿成几柄，清水养在白磁碟子里放在妈（我的第一个继母）和二伯母妆台上，再去上学。我穿花时，服伺我的女佣人小莲子，常拿着掸帚在旁边看，她头上也常戴着我的花。

我们那里有这么个风俗，谁拿着掐来的花在街上走，是可以抢的，表姐姐们每带了花回去，必是坐车。她们一来，都得上园里看看，有甚么花开的正好，有时竟是特地为花来的。掐花的自然又是我。我乐于干这项差事。爬在海棠树上，梅树上，碧桃树上，丁香树上，听她们在下面说："这枝，唉，这枝这枝，再过来一点，弯过去的，喏，唉，对了，对了！"冒一点险，用一点力，总给办到。有时我也贡献一点意见，以为某枝已经盛开，不两天就全落在台布上了，某枝花虽不多，样子却好。有时我陪花跟她们一道回去，路上看见有人看过这些花一眼，心里非常高兴。碰到熟人同学，路上也会分一点给她们。

想起绣球花，必连带想起一双白缎子绣花的小拖鞋，这是一个小姑姑房中东西。那时候我们在一处玩，从来只叫名字，不叫姑姑。只有时写字条时如此称呼，而且写到这两个字时心里颇有种近于滑稽的感觉。我轻轻揭开门帘，她自己若是不在，我便看到这两样东西了。太阳照进来，令人明白感觉到花在吸着水，仿佛自己真分享到吸水的快乐。我可以坐在她常坐的椅子上，随便找一本书看看，找一张纸写点甚么，或有心无意的画一个枕头花样，把一切再恢复原来样子不留甚么痕迹，又自去了。但她大都能发觉谁过来过了。到第二天碰到，必指着手说：“还当我不知道呢。你在我绷子上戳了两针，我要拆下重来了！”那自然是吓人的话。那些绣球花，我差不多看见它们一点一点的开，在我看书作事时，它会无声的落两片在花梨木桌上。绣球花可由人工着色。在瓶里加一点颜色，它便会吸到花瓣里。除了大红的之外，别种颜色看上去都极自然。我们常以骗人说是新得的异种。这只是一种游戏，姑姑房里常供的仍是白的。为甚么我把花跟拖鞋画在一起呢？真不可解。——姑姑已经嫁了，听说日子极不如意。绣球快开花了，昆明渐渐暖起来。

花园里旧有一间花房，由一个花匠管理。那个花匠仿佛姓夏。关于他的机伶促狭，和女人方面的恩怨，有些故事常为旧日佣仆谈起，但我只看到他常来要钱，样子十分狼狈，局局促促，躲避人的眼睛，尤其是说他的故事的人的。花匠离去后，花房也跟着改造园内房屋而拆掉了。那时我认识花名极少，只记得黄昏时，夹竹桃特别红，我忽然又害怕起来，急急走回去。

我爱逗弄含羞草。触遍所有叶子，看都合起来了，我自低头看我的书，偷眼瞧它一片片的开张了，再猝然又来一下。他们都说这是不好的，有甚么不好呢。

荷花像是清明栽种。我们吃吃螺蛳，抹抹柳球，便可看佃户把马粪倒在几口大缸里盘上藕秧，再盖上河泥。我们在泥里找蚬子，小虾，觉得这些东西搬了这么一次家，是非常奇怪有趣的事。缸里泥晒干了，便加点水，一次又一次，有一天，紫红色的小觜子冒出来了水面，夏天就来了。赞美第一朵花。荷叶上花拉花响了，母亲便把雨伞寻出来，小莲子会给我送去。

大雨忽然来了。一个青色的闪照在枫树上，我赶紧跑到柴草房里去。那是距我所在处最近的房屋。我爬上堆近屋顶的芦柴上，听水从高处流下来，响极了，訇——，空心的老桑树倒了，葡萄架塌了，我的四近越来越黑了，雨点在我头上乱跳。忽然一转身，墙角两个碧绿的东西在发光！哦，那是我常看见的老猫。老猫又生了一群小猫了。原来它每次生养都在这里。我看它们攒着吃奶，听着雨，雨慢慢小了。

那棵龙爪槐是我一个人的。我熟悉它的一切好处，知道哪个枝子适合哪种姿势。云从树叶间过去。壁虎在葡萄上爬。杏子熟了。何首乌的藤爬上石笋了，石笋那么黑。蜘蛛网上一只苍蝇。蜘蛛呢？花天牛半天吃了一片叶子，这叶子有点甜么，那么嫩。金雀花那儿好热闹，多少蜜蜂！

波——，金鱼吐出一个泡，破了，下午我们去捞金鱼虫。香橼花蒂的黄色仿佛有点忧郁，别的花是飘下，香橼花是掉下的，花落在草叶上，草稍微低头又弹起。大伯母掐了枝珠兰戴上，回去了。大伯母的女儿，堂姐姐看金鱼，看见了自己。石榴花开，玉兰花开，祖母来了，“莫掐了，回去看看，瓶里是甚么？”“我下来了，下来扶您。”

槐树种在土山上，坐在树上可看见隔壁佛院。看不见房子，看到的是关着的那两扇门，关在门外的一片叶园[1]。门里是甚么岁月呢？钟鼓整日敲，那么悠徐，那么单调，门开时，小尼姑来抱一捆草，打两桶水，随即又关上了。水东东的滴回井里。那边有人看我，我忙把书放在眼前。

家里宴客，晚上小方厅和花厅有人吃酒打牌。（我记得有个人吹得极好的笛子。）灯光照到花上，树上，令人极欢喜也十分忧愁。点一个纱灯，从家里到园里，又从园里到家里，我一晚上总不知走了无数趟。有亲戚来去，多是我照路，说哪里高，哪里低，哪里上阶，哪里下坎。若是姑妈舅母，则多是扶着我肩膀走。人影人声都如在梦中。但这样的时候并不多。平日夜晚园子是锁上的。

小时候胆小害怕，黑魆魆的，树影风声，令人却步。而

1 “叶园”疑为“菜园”。——编者注

且相信园里有个“白胡子老头子”，一个土地花神，晚上会出来，在那个土山后面，花树下，冉冉的转圈子，见人也不避让。

有一年夏天，我已经像个大人了，天气郁闷，心上另外又有一点小事使我睡不着，半夜到园里去。一进门，我就停住了。我看见一个火星。咳嗽一声，招我前去。原来是我的父亲。他也正因为睡不着觉在园中徘徊。他让我抽一支烟，（我刚会抽烟）我搬了一张藤椅坐下，我们一直没有说话。那一次，我感觉我跟父亲靠得近极了。

四月二日。月光清极，夜气大凉。似乎该再写一段作为收尾，但又似无须了。便这样吧，日后再说。逝者如斯。

磨　灭

苍蝇搓它的手，它的脚。

(不要打了，苍蝇搓它的手它的脚呢。)

苍蝇的翅膀上有虹彩，颜色如水面上的油花。嗡，飞起了。

天真闷。

是的，天气真闷。一个乡下人买了一对蜡烛，蜡烛直滴落的油。他的鞋面上也滴了油，着油处加一层薄灰。

在路上，我走了一点二十分，天上的云没有一块变过样子，绝对没有。

好了，张先生大概又不在家。事情呢，本来也没有甚

---

* 初刊于一九四六年九月二日天津《大公报》，初收于北师大版《汪曾祺全集》第一卷。

么，回去写信话更好说些。

他不会在家的，他常不在。

我喝我的茶。不在文林街茶馆里喝茶将近两年了。我的头发里全是土！一看就知道从乡下来的。可是，我知道，没有人会注意到我的头。

门口，一个女人洗衣服，木盆里肥皂水泛着灰青色的泡沫。

我好像喝了一口那样的水。

远远听见郭公鸟叫。

活，这家伙，——

他来了，他坐在我旁边一张桌子上。

“我在文林街看见一个人，好玩极了。”

“这个人在裤带上拴一条狗，狗在他长袍摆下转来转去。人有人性，兽有兽性，人兽之间的关系，从这里看得出来。”

“噢，我看见过，除了那个打更的，这个人最怪。”

“怪，可是说人兽之间那点儿关系？”

“这是个哲学问题！”

两年了，老李在广西，老张过上海，老陈，不知往那里去了，我们各有这个人一个影子，有如水手胳臂上刺一支锚，一种徽章，一个有箭头穿过的心形，温习起来时，即带来一些“过去”。

这个人实在怪。

那条狗，是只小狗。正是才可以啃动骨头，喜欢窜窜跳跳，对自己极有兴趣的时候。因为正在发育，行动中充满卖弄，富于表情。是一条地道中国种的狗。毛作浅灰色。有时，我想，一个画家想起它来时，大概会添上一点绿的。

这条狗居然长得极肥，圆头圆脑，毛茸茸的。

这是一种最省事，易成功的配色方法，那个人全身色调与那条狗都极相似。他的长袍，他的铜盆帽。

他的帽子微微掀在脑后，他的头因为帽子而显得向后扬。一饼紫酱色脸。他眉毛高举，眼角微睁，黑嘴，下唇向外略微突出。因此造成一种傲慢，一种旁若无人，玩世不恭的神情。可是这神情不会引起任何人反感愤怒。一种绝望的苦心，徒然的努力。你可以从下面看出难堪的折磨。无端的迫害与屈辱，一个逐渐疲老的灵魂不断的忍受。一个爱好花，月亮，感伤的音乐，喜欢把小孩子骑在肩上而按拍子跳舞的灵魂。细致的，敏感的灵魂。孤寂的灵魂。一个头等丑角最常有的表情。也正如一个丑角的表演，所望于人的是一阵哄笑。至少，他们许会欣赏他的为某种愿望所作的挣扎，挣扎爬出淹没他自己的愁苦和卑贱之感。哄笑吧，你们的哄笑，可以使他快乐。

然而，没有，并没有哄笑。

天气实在闷。汗流在他颈后的皱纹里，汗沾湿他额前的头发。

他站在先生坡头，先生坡垂直于文林街。

文林街上人来，人往，人下先生坡，人上先生坡。他们画那个丁字，他们流汗。

一个挑水的。水桶里猪耳莲叶子一上一下。两朵淡紫色花在水里投下影子。

卖白糖糕的。他的笼里落了不少灰。糕正在时间中变酸。他想吆唤一声“白糖糕，太平糕”，想叫又不叫。

纸烟铺里一个秃头小伙计，睡着了。别睡着呀，别睡着呀，然而他睡着了。口涎沿手臂弯流到一本账簿上，红格子洇开来了。他笑了。一定是梦见他唯一的亲人，他的外祖母夸奖他真能干。而正在这时候，卖丁丁糖的震耳的敲过他的小小铁砧子！

郭公鸟在远远的地方叫。

那个人，像一朵花，开始萎了。他一切都变得模糊起来，他好像不在焦点上了。吹起他下摆的风在一个墙角撞碎了，散落了，不可收拾，他的酒气小了一点，他两颊陷进去，太阳穴发暗。他的眼睛里不是星，是云。简直，他要一滩一滩的落到地上来。

一辆洋车过来，拐弯了，车夫大叫，声音中充满轻蔑：

“让开！”

他的小狗急急一纵跑出他脚前二尺多远。

于是，完了，一切都完了。

一个人若想为他做一点甚么事，最好送他的狗一个铃子，给他系上去。

如果，你要是一个画家，你画他，在背景上，在他的身后，你画许多鸽子么？你画吧。

当真他是饿了。他嘴里发苦。他咽他的唾沫。他的意识如井水的波纹。然而他说话像一个老朋友，不拘形迹，亲昵得近于玩笑，好像拍着别人肩膀说的。然而，声音洪大得不必要。

“老板，可有杂菜！”

他的发音在他颈内周旋，像在一个坛子里。饿的人最容易为自己声音震动。他成了个音叉。他说杂菜就如同说锅贴乌鱼五香鸽子糯米鸡。

小馆子里几个吃饭的客人抬了一下眼睛。其中有一个为青辣椒气味所炝[1]，打了一个极大的喷嚏。

老板炒他的菜。

半天寂静，寂静得如同一桶奶油。

1 “炝”同“呛”。——编者注

一只麻雀“得”的一下飞进屋檐窠里。

阴沟里水冒气泡。

这老板并不胖，而且说得上是瘦。他的长颈子后面绷得很紧。他舀了一杓子油，用力倒到锅里去，几个油点溅在火里，哄的一声。他憋足了气力，并不回头大声喷出来：

“没，得！”

他挽了一挽袖子，把小粉拌好的牛肉向锅子里一兜。牛肉完了，又炒了一个番茄豆腐，锅里放上水，配了一个菠菜蛋花汤，鸡蛋打完了，水尚未开，他掏出一枝烟来，叼上，点着火，仍是不回头：

“出去。”

这两个字是他等着的，可是等得未免太久了，他本来预备好了，“是，是，是——”尾音拖长，提高。他以此娱乐自己，这十足赖皮相，满蓄一种对人世对自己的嘲笑意味。然而等得太久，这句话冷了。他显得很蠢，毫无表示，他出去，在老板的铁杓子下把一个白铁盘子承上去。

唉，这个盘子实在太大了。

所谓杂菜，剩汁残羹倒在一个桶里准备给人的。

好老板，我看见你特为给他捞了一捞，一个几乎完整的鸡头呢。老板你自己一定也喝酒。你回过头来，你笑了一笑，你笑得好。一年来我还记得那个笑。你跟你家里一定过得不坏，她头上戴了一朵花，我看见。

他来了。

他从先生坡上来，像一只蝉蜕去皮爬出泥土。他一直向这个茶馆里来，好像并非他打定主意要来，而是注定了非来不可。像一根拉长的橡皮必须要缩短似的。那边是他的欲望；这边，他自己。他得过去，在一拥抱之间合而为一，他好像并未认清桌子椅子，像一个旅人倦游归来，甫一进门，即往床上一躺。他落在椅上，伏在桌上。他眼睛向茶馆里看了一下，像一个病人在昏睡中睁一睁眼睛，只觉一片光彩，不能构成任何印象或概念。他不戴帽子，他的头发如疾风中的草，倾倒在手臂上。他呼吸急促，气息嘘嘘。

“吃一碗茶来。”

他的眼已经不大撕得开，上下眼皮全紫了。一种刺痛，一种教人肌肉收紧，骨盆内缩，脚趾伸挺的煎熬从这两个发烧的球体分出去，注射及于全身。他鼻梁上抽得全是直纹。他鬓边息息跳动。他下唇拖在外面，像一种水果，为唾漱所能润泽的部分通红，熟透了，于是，画一道整齐的线，这一条线以外则不知沾了些甚么东西，全黑了。他下巴尖削，且向外卷，他胡髭已长，略形卷曲。

“泡一碗茶。”

他并不着急生气，仿佛那杯茶如果要泡来总会泡来的，他好像已经闻着那杯茶的香气，他口舌生津，喉头有点痛。于是他唱歌。他在鼻子里不知哼一种甚么调子，听起来既无节拍，又少高低，然而他浸没在他的歌里，像一只鸭子在泥水里。

他的狗呢？

一个挑水的，你水桶里猪耳莲叶子晃动。

卖白糖糕的，你的糕发酸。

纸烟铺小伙计，打瞌睡。

苍蝇和洗衣女人！

你们都来看，看他的虱子。虱子在他的黑大衣（好热！）外面描画复杂的花纹，它们多忙碌！这个人，他干嘛，他睡着了？没有没有，喝，哎哟，他把他的鼻子顶在桌上，起来，他的鼻涕流在鼻子与桌子之间，他抬起，俯下；拉长，又压扁；他吸进去又呼出来；快一点，又慢慢的。他专心一志于他的艺术，他扁嘴闭眼睛。

嗳嗳嗳，酒瓶酒瓶，他的酒瓶要为他的胳臂推倒了。——好，他扶住了，他一把抓住，他嘴角牵动，他大叫：

“泡，杯，茶！”

这回，真是哭。不是命令，是请求，是叫，他的欲望大叫，他的太浓的血大叫。

郭公鸟在远远的地方叫。声音如两粒弹丸，掷过来，扔过去。令人渴望一片秧池，浅黄嫩绿，密密秧针之下看见徐徐流动的水。一片树荫。一阵好风。一条长长的丝带在风中飘。

天真是闷。

庙与僧

我的行李已经由人先放在我要住的房间里去了，我就一直走到方丈找“当家的”和尚。当家的早已经迎了出来。这个和尚整个可以用一个“黄”字括尽了。第一，他胖得很，说胖还不大对，应当说肉多得很。腮帮子坠坠的，脑后长平了又打了折，连上下眼睑都“厚夺夺的”，这么样，他不有个向外翻出的双料嘴唇，那就是不合理了。不过他的肉可不像一般胖子一样细软，似乎都割下来搁了几天再合到一块儿去的。这周身陈肉上一个一个毛孔都清清楚楚。于是，我想，你总不能再不想起你自己上菜场买小菜的那段生活了。这个胖和尚直在我面前发黄。他从头到脚都是黄的。和尚头

---

* 初刊于一九四六年十月十四日上海《大公报》，初收于北师大版《汪曾祺全集》第一卷。

刮过不久，直裰敞开，而脚下一双僧鞋是趿着的。僧鞋踏在脚跟的一块已经发一种深沉的油光。是夏天，他不穿袜子。说真的，最唤起我的黄的印象的是他那双肥脚，我一辈子没见过那么黄的脚。他就从肿肿的脚踵一直黄上去。黄，而发暗，不反光。没有办法，我相信，就把这个和尚切开了，里面的肉也都这种暗黄色。——我所说“黄”已经括尽了他，是主张胖也可以含在黄里的。不过人家是“当家的”，我们不应随便叫他个甚么，得称呼一声“当家”，尽管他胖而且黄，是吧？

当家和尚领我进了方丈，把他两个猪眼睛摆在我面前。这真是一个“方丈”，不能更大。一张大床占去一半。床是乡下新娘子房里会可以[1]见到的雕花木床，庙里这样床计有四张。床上粗夏布印花帐子，印的是梅兰竹菊蓝颜色的花。米缸，油壶，咸菜罈子，一副“经担子”。后来一次当家的招呼一个老太婆“你怎么老不到庙里来坐坐”，老太婆说“你那个房子，哈叭狗都转不过身来！”她实在没有念过书，不知道有“厅事前不容旋马”这句话，她不是抄袭。当家的案上摊得一本草纸钉的帐簿。一支笔正从左上角斜斜的滚过右下角。和尚请我抽一枝烟，他自己则呼呼噜噜吹起水烟袋。这个方丈里充满各种气味。这些气味我并不陌生。而当我想

1 “会可以”疑衍字。——编者注

着如何送当家的一张香烟广告的美人图的时候，我实在不能不抬起头来看看，因为我又辨出一种气味来了；果然，一大块咸肉挂在梁上！天大概要变了，咸肉上全浸浸的发潮。地下是一块油渍，就在我椅子旁边。而一颗琥珀色油珠正凝在末端，要滴不滴的。我等着等着，半天半天，想等到听见答的一声就起身出来。——我希望你对这块咸肉不要大惊小怪，像我当初一样。庙里还养得三口小猪，准备过年时卖去两只，留一只自己杀了吃呢。

方丈在正殿的旁边。殿上一般供着三世佛，有鱼鼓磬钹。这殿上，在我住在庙里的那么些日子之中，只有一次显得极其庄严，他们给一家拜梁王忏的那一次。庙里和尚一齐出动，还请来几个客僧，都披挂得整整齐齐，唱了好几天。屋上拖下长长的旛，炉里烧起降香，蒲团上遮了帔垫，和尚像个和尚，庙像个庙，其余的时候只是那三尊佛冷清清坐着。早晨黄昏，有个小和尚做功课。一个人矮矮的跪在长凳上，点了香，看了油，敲磬三声，含含糊糊的念起来，不知甚么道理，听起来颇觉哀楚。

小和尚十一二岁。虽穿了和尚衣服，可是赤着脚。坐在屋里总听见他赤脚的打在天井石板上啪啪的响。那是他跟一条狗闹着玩，或是他追黄狗，或让黄狗追他。这孩子不大见他上树捉知了，下河摸虾。比普通庄稼孩子文气得多，无野像。虽然当家和尚说他淘气得很，常常打他。一挨打，他就伏在门口布袋和尚脚下悠悠的哭，一哭半天。黄狗就扑在门槛旁边看着他。只有过年那几天我见他兴奋过一阵子。外面许多孩子跑到庙里来滚钱，他也参加了，而且似乎赢了几个。他告诉我以前还有一个小和尚，是他师兄。一天在门外河里洗澡，教水鬼拉下去了。半夜三更，现在，有时听见外面水车响动，那是他师兄踩着玩。门口那架车，他们以前老踩，河边田是庙里的。这小和尚，你知道你很懂得寂寞么？你一定想开门出去看看的。

庙里大和尚一共三个。当家的，二师父，——乡下多叫他为二当家的，他的上下我不记得了，以小和尚的口气，称之为二师父，还有一个，被称为能师父。所以有这么一个比较特别的称呼，是因为他不是在本庙出家的。

这能师父头上是否有疤，想不起了。我觉得他似乎尚未受戒，也许已经受过戒，我如此觉得是希望他可以随时还俗罢了。听小和尚说，他不是这里的人，虽然因为在这庙里住了很久，说话已经与别的和尚一样，听不出外乡口音。这家伙衣服总是挺挺括括，腰是腰，缝是缝，那怕是一件旧的，也称身合样。听说他还有个本领，是能够“飞铙”。这在盂兰会焰口中可以见到。是用两片大铙要出许多花样，或让它在手指顶上的溜溜转；或哗喇喇掷向半天，用手或铙接住，反身背手，丢挡插腰，百无一失。这玩意城里大户人家不兴，大庙里和尚也不会。做盂兰会的多是湖西和尚。这能飞铙的和尚又必皆会吹笛拉胡琴，唱百种时调小曲。这在盂兰会人神共乐时用得着的。这和尚透着一股机灵鬼巧。若说他能不沾染甚么事情，教人不信。他如何会住到这么一个乡下小庙里来，想当有些缘故，决不是普通行脚挂单。能师父身材属于“三料个子”，不高不矮，薄薄的嘴唇，手上一个金戒指，袈裟多是绸的。真的，他要是留起来，一头好头发！当家的对于这么一个外客是否欢迎，不得而知。不过那些时候倒也相安无事。当家的对于能师父的爱憎只在牌桌上看得出来。

乡下法事少，长日清闲。当家的把几天来旧账画一画，算算离收租尚远，到殿上扬声叫能师父。能师父正用修脚刀修他左边脚掌的一片老皮子，心里正想，到时候了，怎么还……，一听那个像闷在木桶里的叫唤，即放下小刀，拂去脚皮，枕头下抽出一卷票子，挑了两张破烂的，回答一声“来了”。大殿上现成有吃饭桌子，不用搭。好，打牌了。其实村上两个闲汉照例来得正巧，庙里有一副二十年老麻将，骨子面子虽有些地方脱了节，用糯米饭粘过，粘过又脱；一张二万是后补的，是张花；不过大家摸起来都顺手。也有时斗纸牌，可是簇新的江源记，三星都是加金的。我有时也到他们后头去看看，当家教我学学，说是“不难的。多用点脑筋就会了”。而正在这时他漏碰了一张绝七万。他们对于每一张牌都有一种特别称呼，这自然又多是“荤的”，与女人有关系。当家的跟我一样，不大了然。我看见能师父打了一张五索，说：“女学生，花钱买不到的！”可怜当家的就只顾抽烟，把一副二五八平胡给错过了。大概除因特殊事故，上午十点到下午五六点，十六圈，闲汉散了。能师父回房，数数今天赢的，又连枕下的一齐掏出来，十块五块各放一处，叠好了锁到箱子里去。当家的则[1]颇为不好的牌运弄得有点累了，不说话，独自坐在零乱的牌桌上，怅怅的鼓起眼睛，一副清一色，清一色，三条一张也没有现呀，……直到一个花脚大蚊子在他耳朵上狠狠的啄了一口，才找了半天，找到那双鞋子，捧了个水烟袋回方丈。

二师父若是回来，则牌桌上三个光头，二师父圆圆的，眉眼口鼻都无棱角，而且一脸是笑。二师父比能师父高大，没有当家的肉多，面色红润，额门发光。他穿得整整齐齐，一个纽子都不缺，当胸一挂大念珠，鞋底都是白的。他身上东西多半是杭州货。二师父回来，一家，应当说是一庙，不，还是说一家吧，一家都欢喜。小和尚第一个奔出去又奔进来，手上一个包袱，包袱里有他的芝麻饼。能师父，当家

1 “则”后疑脱“被”字。——编者注

的，都上二师父屋里去了，连那个老香火道人都兴冲冲去打洗脸水，二师父那条雪白的毛巾招他爱。二师父难得回来住几天。二师父另外“有”个庙，弄得很“得法”，春上才募了一个殿子，又给菩萨开了光。有一次仿佛听说要给能师父也“弄”一个，结果不详。我与二师父见面不多，因为我也有时不在庙里。

有一天，我正在庙后看小牛吃奶，小和尚来叫我。

“哎，去看，二师父回来了。”

二师父实在不比这个小牛好看，我说我不去。听说这回回来要住一阵，总要见到的。

“哎，二师父把师母接来了！”

这可实在有点出乎我意想之外。

这个，这个甚么呢？这倒真难称呼，……好吧，这个女人，这个女人高高的身材，穿一身黑香云拷纱衫裤，襟头挂一枝白兰花，脑门绞得齐齐的，长长的眼睛，有点吊，嘴里两颗金牙，正坐在雕花木床前半低着头喝茶。二师父则用他的雪白的毛巾洗脸，一瓶双妹老牌花露水。——这女人我想是个寡妇。她一直住在庙里，到我走了她还没走。

你奇怪，我怎么弄到那么一个庙里住了好几个月？你大概还想知道我终天做些甚么事情，这我一时都无从回答你。事情一晃就八九年了，我有时也想想。当家的大概总死掉了，我似乎看见他黄黄的坐在一口缸里。现在当家的应当是小和尚。能师父想是没有还俗，多半是离开到别处去了，我仿佛很能知道他打叠打叠东西，背上，跨下一只船时的心。至于二师父，他应该有两个儿子了。我还想知道那个小小院子如何了。院在殿后，迤东有两间屋，我住。有两个小门，可以关死，与外面隔绝，门上两行墨书：

一人一世界

三藐三菩提

我闲常出来走走，则从另外一个圆门回来，经过三个小石塔，那是和尚的坟。院里夏天绿杨中知了极多，现在该落满一院桐叶了吧。桐叶落在我的屋瓦上哗啦啦响。再我很怀念那个老香火道人，他须眉皆白，一腿筋疙瘩，终年在门前打草鞋，我没有听他说过一句话。若要坐船，招呼他，立刻给拿桨。船扁而小，通身漆成红色，坐到那里去，一望而知是庙里的。呵，才起水的鱼，多鲜的菱角。……

最响的炮仗

孟家炮仗店的孟老板，孟和，走出巷口。

唉，孟老板这一趟走出巷口跟哪一趟都不大同。

一切都还是差不多。一出他家的门，向北，一爿油烛店。砖头路。左边一堵人家的院墙，墙上两条南瓜藤，南瓜藤早枯透了。右边一堵墙，突出了肚子，上面一张红纸条：出卖重伤风。自然这是个公厕，一个老厕所。老厕所原有的味儿。孟老板在这里撒过几十年的尿。砖头路。一个破洋瓷脸盆半埋在垃圾堆中。一个小旅馆，黑洞洞的，黑洞洞的梁上还挂一个旧灯笼，灯笼上画了几个蝙蝠，五福迎门。路上到处是草屑，有人挑过草。两行水滴，有人挑过水。一个布

---

*初刊于一九四六年十二月二十八日天津《益世报》，初收于人民文学版《汪曾祺全集》第一卷。

招，孟老板多年习惯的从那个布招下低头而过。再过去，一个小小理发店，墙壁上是公安局冬防布告："照得年关岁暮，宵小匪盗堪猖，……"白纸黑字，字是筋骨饱满的颜体，旁边还贴有个城隍大会建会疏启，黄表纸。凡多招贴处皆为巷口，这里正是个人来人往的巷口。

孟老板看了一眼"照得……"，一跳便至"中华民国"了。他搔搔头，似乎想弄清楚现在究竟是民国几年。巷口一亮。亮出那面老蓝布招子，上了年纪的蓝布招上三个大白字：古月楼。这才听见古月楼茶房老五一声"加蟹一笼——"阿，老五的嗓子，由尖锐到嘶哑，三十年了，一切那么熟悉。所以古月楼三个字终日也不见得有几个客人仰面一看，而大家却和孟老板一样，知道那是古月楼，一个茶楼。那是老五的嗓子，喊了近三十年。

太阳落在古月楼楼板上。一片阳光之中，尘埃野鸟浮动。

孟老板从前是这里的老主顾，几乎每天必到。来喝喝茶，吃吃点心，跟几个熟人见见面，拱拱手，由天气时事谈下去。谈谈生意上事情，地方上事情。如何承办冬防，开济贫粥厂；河工，水龙，施药，摆渡船，通阴沟，挑公厕里的粪，无所不谈。照例凡有须孟老板出力处他没有不站出来的，有须出钱处，也从不肯后人。凡事有个面子，人是为人活下来的，对自己呢，面子得顾。

孟老板在这条巷子有一个名字，在这个小城中，也有一块牌子。（北京的大树，南京沈万山，人的名儿，树的影儿。）

孟老板走到巷口，停了一停。他本应现在即坐到古月楼上等起来，但是他拐弯了。

这一趟走出巷口跟哪一趟可都不同。他要跟一个人接头关于嫁他的女儿的事去。

孟老板拐了弯，便看见自己家的那个炮仗店。孟老板从他的炮仗店门前而过。关着门，像是静静的，过年似的。这是孟老板要嫁女儿的缘故。

从前，从前孟家炮仗店门前总拥着一堆孩子，男孩子，女孩子，歪着脖子，吮着指头，看两个老师傅做炮仗。老师傅在三副木架子（多不平常的东西啊）之中的两个上车炮仗筒子。郭橐，一个，郭橐，一个。一簇小而明亮的眼睛随老师傅的手而动。炮仗店的地面特别的干，空气也特别的干。白木架子，干干净净。有的地方发亮，手摸得发亮。老师傅还向人说过，一辈子没有用过这么趁手的架子。这是天下最好的架子。天下有多大，多宽？老师傅自不明白，也不怎么想明白。

这个城实在小，放一个炮仗全城都可听见！一到快吃午饭时候，这一带的人必听到“砰——訇！”照例十来声，都知道孟家试炮仗，试双响。双响在空中一声，落地一声，又名天地响。试炮仗有一定的地方，一片荒地，广阔无边，从巷口不拐弯，一直向北，一直下去就是了。你每天可以看到孟老板在一棵柳树旁边，有时带着他的孩子。把炮仗一个一个试放。这是这个小城市每天的招呼。保安队天一亮就练号，承天寺到晚上必撞钟，中午孟家放炮仗。这几种声音，在春天，在冬天，在远处近处，在风中雨中，继续存在，消失，而共同保留在一切人的印象中，记忆中。人都慢慢长大了。

全城不止三家炮仗店，而孟家三代以来比任何一家的炮仗都响。四乡八镇，甚至邻近县城，娶媳妇，嫁女儿，讲究人家，都讲究用孟家炮仗，好像才算是放炮仗。

香期，庙会，盂兰焰口，地藏王生日，清明，冬至，过年，孟家架上没有“连日货”。满堂红万点桃花一千八百响落在雪地上真是一种气象。这得先订。老师傅一个下半年总要打夜作，一面喝酒，一面工作到天明。还有著名的孟家烟火，全城没得第二家。

烟火是秘传，孟老板自己配药串信子，老师傅都帮不了忙。一堂烟火抵一季鞭炮。一堂，或三套或五套不等。年丰岁月，迎灵出会，人神共乐，晚上少不了放烟火。放烟火在那片荒地上。荒地上两个高架子。不知道的人猜不出那是缢死囚用还是干甚么别的用的。就在烟火上，孟老板损了一只眼睛。

某年，城中大赛会，烟火共计有五堂之多，孟家所做，有外县一家所做。十年恰逢金满斗，不能白白放过！好，有得看了。烟火教这阖城的人有一个今天的晚上：老妈子洗碗洗得特别快，姑娘在灯前插一朵鬓边花。妈多给了孩子几个铜子儿，生意经纪坐在坟前吃一碗豆腐脑。杀猪的已穿上新羽绫马褂，花兜肚里装满了银钱，再不浑身油臭，泥水匠的手干干净净，卖鲜货的手里一串山里红，“来了？”“来了。刚来？”“三姨，三姨，——”“狗子你别乱跑呀！”各人占好地方，十番“锣鼓飞动”放了！“炮打泗州城”，“芦蜂追秃子”……遂看得人欢声雷动，尽力喝吼，如醉如狂，踏的野地里草都平了。——最后，两套“天下太平”牵上去，等着看高下了。孟家烟火放紫光绿光，黄色橘色，喷兰花珠子，落飞蛾雪花，具草木虫鱼百状情形。“好。”“好，是好！”而忽然，熄了。怎么回事？熄了？熄了。熄了！接火引信子嗤嗤有声，可是发不出火来。等！不着。等，不着！起先大众中还只吃吃喳喳，后来，大家那个叫呀，闹呀，吆喝呀，拍手吹哨呀。孟和那时年纪还小，咽得下这个吗？“拿梯子来！”攀上颤巍巍三十二档竹梯，看看到底是怎么回事。整了整信子，再看，正在他觑近时，一个“天鹅蛋”打出来，正中左眼，一脚摔了下来。左眼从此废去了，成为一个独眼龙。

大家看烟火。大家都认得孟老板这个人了！“这么一个人，这么一个人”，心里不由不感叹。一个小学生第二天作文“若孟君者，真乃一勇敢之人也”，先生给加了一个双圈。孟老板一只眼睛虽已废去，孟家烟火也从此站住了。五百里方圆，凡有死丧庆吊红白喜事，用烟火必找孟家。孟家炮仗店有个字号，但知道的不多，只晓得孟家炮仗店。一到过年，孟家炮仗店排挞门上贴上万年红春联，联上抹熟桐油，亮得个发欢，刘石庵体，八个大字：

生财大道　处世中和

门边柱子上的那一条是全城最长的，从“自造”到“发客”计三十余字。孟老板手上一个汉玉扳指。孟老板旱烟袋上一个玻璃翠葫芦嘴子。孟老板每天在这个巷子里走好多回。从家里到店里，从店里到家里。“孟老板”这个称呼跟孟老板本人是一个。天下有若干姓孟的老板，然而天下只有这么一个孟老板。个子不高，方方正正的脸，走路慢慢的，说话慢慢的，坏了一只眼睛也并无人介意，小孩子看到那个脸上的笑也仍是一个极好的笑。在这个巷子里熟悉亲切的笑。

孟老板差不多每天要到古月楼坐坐。喝喝茶，吃吃点心，跟几个熟人见见面，谈谈。古月楼中有他一个长定座儿。吃茶时老五还是个小孩子，来古月楼做学徒还由孟老板作的保。老五当年有个癞痢头，如今一头黑发，人走了运。

但是孟老板这一趟走出巷口跟哪一趟都不同。孟家炮仗店的门关上了。孟老板要把女儿嫁出去。

北伐成功，破除了迷信，神像推倒，庙产充公，和尚尼姑还俗，鞭炮业自然大受影响。虽然“打倒列强，打倒列强”唱了一阵之后，委员们又都自称信士弟子，忙着给肉身菩萨披红上匾，可是地方连年水旱兵灾，百姓越来越苦，有兴致放鞭炮的究竟少了，烟火更是谈不上。二十年河堤决口，生意更淡。接着是硝磺缺售，成本高，货源少，一年卖不出几挂千子红。后来，保安队贴出大布告，不许民间燃放炮竹，风声鹤唳，容易引起误会云云！

渐渐的，孟老板简直不容易在古月楼茶客中见到了。

店开不下去。家里耗了个空。背得一身的债。

这一带的人多久已不听见试炮声音。

孟老板还在这条巷子里走出走进。所欠的债务多半是一个姓宋的做的中保。姓宋的专是一个说是打合，牵线接头，陪人家借字，吃白食，拿干钱角色！

今天，现在孟老板就是要碰这个姓宋的去，谈谈嫁女儿的事情。早先约好，在古月楼见面，再谈一趟，就定聘了。

古月楼呀，孟老板像是从来没有上这个地方去过，完全是个陌生。孟老板出了巷口而拐弯了。他要上哪里去呢？是的，上哪儿去呢？他好像是在转了一会儿，也不问一问他自己。他只是信步而行，过了东街。数十年如一日，铺在这里的东街。烧饼店的烧饼，石灰店里的石灰，染坊师傅的蓝指甲，测字先生的缺嘴紫砂茶壶，……每一块砖头在左边一块的右边，右边一块的左边，孟老板从这里过去。这些东西要全撤去，孟老板仍是一个孟老板，他现在也没有一句话要向世人说。

一个糕饼店小伙计懒声懒气的唱，听声音他脸多黄：

“我好比……”这个声音孟老板必然也听到，却越走越远，混杂到人之中去了。

约莫两个多钟头之后，孟老板下了楼来。脸上蜡渣黄，他身边是那个姓宋的，两人走到屋檐口，站了一站。姓宋的帽子取下来，搔了搔头，想说甚么，想想，又不说了。仍旧把帽子戴上。“回见。”“回见。”

孟老板看姓宋的走到巷口，立在那里欣赏公安局布告。他其实也没看进去。这布告贴了一星期，一共十二句，早都知道说的甚么。他是老看定那一行“照得年关岁暮”。他也看见最后“民国二十六”，“年”字上面一颗朱印，肥肥壮壮的假瘥鹤铭体。孟老板忽然发现这家伙的头真小！一种说不出的厌恶，他想摸上去一口把他耳朵咬下来。孟老板一生不骂人，现在一句话停在他嘴边：

“我 × 你十八代祖宗！”他一肚子愤怒，他要狂叫，痛哭，要喊，要把头撞在墙上，要拔掉自己头发，要跳起脚来呼天抢地。

但这只是一霎眼之间的事，马上平息下去。他感到腿上有点冷，一个寒噤。年老了，快五十了。

这时甚么地方突地来了一声，“孟老板！”孟老板遽然问：“甚么事？”这才看出是挑水的老王。这人愣头愣脑。一对水桶摆呀摆的，扁担上挂了一条牛鞭子，一绺青蒜。自然是“没有事”。眼看着这人愣着眼睛过去后，自言自语：“没有事，没有事，有甚么事呢？”这教孟老板想起回家了。

孟老板把女儿嫁给保安队一个班长。姓宋的做媒，明天过门。

“唉，老孟，老孟，你真狠心，实在是把女儿卖了。”

孟家的房子真黑。女儿的妈陪着女儿做点衣裳，用从“聘礼”中抽出来的钱，制两件衬衣，一件花布棉袍子。剪刀声中不时夹杂着母亲一声干咳。女儿不说话。孟老板也不说话。

他这两天脾气非常的好。好得特别。两个小的孩子，也分外的乖，安安静静的。爸爸给他们还剪了剪指甲。

一个孩子找两个铜钱，剪纸做了个毽子，踢了两下，又靠着妈坐下来。一切都似乎给甚么冻着了，天气可还不太冷。

过了三天，日子到了。妈还买了两支“牙寸”烛点上，黑黑的堂屋里烛火闪闪的跳跃。换上新式初上头的女儿来跟爸爸辞行：“爸爸，我走了。”

爸爸看看女儿，圆圆的脸。新花布棉袍。眉毛新经收拾弯弯的。“走吧，好好的。到人家去要……你妈呢？”孟老板娘原躲在门后拉衣袖拭眼泪，忙走出来，“大妹你放心去喔，要听话喔！”

大家都像再也无话可说，那么静了一会儿。一同听到街上卖油豆腐的声音。

孟老板女儿的出门是坐洋车去的。遮了把伞送出大门。大门边站了两个看热闹的邻居。两个老太太谈起这件事，叹一口气，“也罢了！”女儿一走，孟老板即出门去，一直向北。

这两天他找到一点废材料，一个人，做了三个特大双响，问他干甚么，他一声不说。现在他带了这三个大炮仗出去，一直走到荒地。

他一直走到荒地。荒地辽阔无边，一棵秃树，两个木架子，衰草斜阳，北风哀动。孟老板把三个双响一个一个点上，随即拼命把炮仗向天上扔。真是一个最响的炮仗。多少日子以来没有过的新鲜声音。这一带人全都听到了。没有一个人知道是怎么回事。

你们贵处有没有这样的风俗：不作兴向炮仗店借火抽烟？这是犯忌讳的事。你去借，店里人跟你笑笑，“我们这里没有火。”你奇怪，他手上拿的正是一根水烟媒子。

三十五年十一月十九日初稿，二十日重写一过

职业（外一篇）

一　职　业

巷子里常有卖“椒盐饼子西洋糕”的走过。所卖皆平常食物，除了油条大饼豆菜包子之外便是那种椒盐饼子跟西洋糕。椒盐饼子是马蹄形面饼，弓处微厚，平处削薄，烘得软软的，因有椒盐，颜色淡黄如秋天的银杏叶子。西洋糕是一种菱形发面方糕，松松的，厚可寸许，当中夹两层薄薄的红糖浆。穿了洁白大布衣裳，抽了几袋糯米香金堂叶子烟，泛览周王传，流观山海图，到日影很明显的偏了西，有点微饿了，沏新茶一碗，买那么两块来慢慢的嚼，大概可以尝出其

*初刊于一九四七年六月二十八日天津《益世报》，初收于北师大版《汪曾祺全集》第一卷。

中的香美；否则味道是很平淡的。老太太常买了来哄好哭作闹的孩子，因为还大，而且在她们以为比吃糖豆杂食要“养人”些。车夫苦力们吃它则不过为了充饥罢了。糕饼和那种叫卖声音都是昆明僻静里巷间所特有。虽然不知道为甚么叫作“西洋糕”，或者正因为叫“西洋糕”吧，总使人觉得其“古”，跟这个已经在它上面建立出许多新事物来的老城极相谐合。早晨或黄昏，你听他们叫：

“椒盐饼——子西洋糕……”

若是谱出来，其音调是：

so so la——la so mi rai

这跟那种“有旧衣烂衫抓来卖”同为古城悲哀的歌唱之最具表情者。收旧衣烂衫的是女人多，嗓音多尖脆高拔。卖椒盐饼子西洋糕的常为老人及小孩。老人声音苍沉，孩子稚嫩游转，（因为巷子深，人少，回声大，不必因拼命狂叫，以致嘶嗄，）在广大的沉寂与远细的市声之上升起，搅带出许多东西，闪一闪，又溅落下来。偶然也有年青青的小伙子挎一个竹篮叫卖，令人觉得可惜，谁都不会以为这是一个理想的职业的。他们多把“椒”念成“皆”，而“洋”字因为昆明话缺少真正的鼻音，听起来成了“牙”。“盐”读为“一”，“子”字常常吃了，只舌头微顶一顶，意思到了，“西洋”两字自然切成了一个音。所以留心了好一阵我才闹清楚他们叫的是甚么，知道了自然得意十分。——是谁第一个那么叫的？这几个字的唇齿开阖（特别是在昆明话里）配搭得恰到好处，听起来悲哀，悲哀之中有时又每透出一种谐趣。（这两样感情原是极相邻近的。）孩子们为之感动，极爱效学。有时一高兴就唱成了：

“捏着鼻——子吹洋号！”

一定有孩子小时学叫，稍大当真就作此生涯了。

老在我们巷子里叫卖的一个孩子，我已见他往来卖了几年，眼看着大起来了。他举动之间已经涂抹了许多人生经验。一望而知，不那么傻，不那么怯了，头上常涂油，学会在耳后夹一枝香烟，而且不再怕那些狗。他逐渐调皮刁恶，极会幸灾乐祸的说风凉话，捉弄乡下人，欺侮瞎子。可是，他还是不得不卖他的椒盐饼子西洋糕！声音可多少改变了一点，你可以听得出一点嘲讽，委屈，疲倦，或者还有寂寞，种种说不清，混在一起的东西。

有一天，我在门前等一个人来，他来了。也许他今天得到休息，（大姨妈家老二接亲啦，帮老板去摇一会啦，反正这一类的喜事，）也许他竟已得到机会，改了行业，（不顶像，）他这会儿显然完全从职业中解放出来。你从他身上看出一个假期，一个自在之身。没有竹篮，而且新草鞋上红带子红得真鲜。他潇潇洒洒的走过去，轻松的脚步，令人一下子想起这是四月中的好天气。而，这小子！走近巷尾时他饱满充和的吆喝了一声：

“椒盐饼——子西洋糕。”

听自己声音像从一团线上抽一段似的抽出来，又轻轻的来了一句：

“捏着鼻——子吹洋号……”

二 年 红 灯

走出室门，总要抬头看看。为甚么要看看呢，看甚么？——不知道。也许是想看看天。下意识的习惯，我曾在一个地方住过，天蓝起来非常的蓝；有时却多雨，阴晴不定。然而看到的却是马路对面高楼屋顶上一个铁架子，广告铁架子。这东西，无话可说，很伟大！竖那么个架子的工程可以盖好几间屋子了吧。架子上几个大字，每个字比一间屋子还大。最近，天天有人搭了长梯子在上面工作。人在上头那么小，看他们在上头动，好像动得也很慢，很轻微。仿佛完全不是普普通通像我们一样的人，因为比例不对。知道，他们是在油漆那几个字。而且，这两天在装年红灯了。——是谁想起来装的？我坐在椅子里也可以看见，很高兴一抬头看见他们都在那里。有时还可以看到他们抽烟，谈话。我坐在椅子里抽烟，或喝着一杯茶，当手里工作告了一段落，常悠然而自窗口看出去。

一天晚上，亮了，那些年红灯亮了。红光蓝光交递转换。先是小字，一个一个出来，一排，现齐了，于是划然而显出几个大字，又抹掉似的一齐消失；接着又从头来一遍。红光蓝光交递的落在我阶前，屋顶，我的书，我的纸，我的手指头上。

这几个工人他们一定也看见了。他们一定看的。

而，我在马路上看见一个人，他看广告上那些灯。从他看的样子上，我毫不怀疑的相信他即是那些工人之一，白天他还在那个架子上工作的，那是他的作品。我看了他好一会。——他心里的是甚么感觉？

三十六年六月中

绿 猫

山杳水匝，树杂云合，目既往还，心亦吐纳。
春日迟迟，秋风飒飒，情往似赠，兴来如答。

——《文心雕龙》“物色”篇

刚才我想的甚么？——又一辆汽车飞驶而过，震得我好不难受。像甚么呢，像甚么呢，说不出像甚么。汽车回家，汽车们回家了。（汽车“们”？）这时候还有甚么叫卖声音？叫的是甚么？还有三轮车，白天怎么听不到三轮车轮轴吱吱呾呾的响？——我为甚么那么钝，为甚么一无所知，为甚么跟一切都隔了一层，为甚么不能掰开撕开所有的东西看？为

* 初刊于《文艺春秋》一九四七年第五卷第二期，初收于北师大版《汪曾祺全集》第一卷。

甚么我毫无灵感，蠢涸麻木？为甚么我不是天才！——嘻，叫卖的，你叫的甚么？你说说你的故事看。你是个高的矮的？你不快乐？你没有希望？你今天晚上会作甚么梦？——你汽车，你“呜——”，你好无礼！两点一刻了。——我刚才想的甚么？香烟又涨了，（我抽了一枝烟，）——我想甚么来了？……喔，喔喔，我想过高尔基！

我想起高尔基的样子，画上的高尔基，雕像上的高尔基的样子。（我现在是甚么样子？）也许不是高尔基，汤姆士哈代，福楼拜，奥亨利，……随便是谁。但我想的还是他，高尔基。我今天偶然翻了一本杂志，翻开来第一页就是他，他的像，（这个杂志不知刊登了多少次他的像，这位编辑也不在意？多少杂志报纸上印出过他的像了。不用写出，就知道是谁，一看就知道是谁，不看也就知道！）刻在白云石上，选了合宜光线角度而拍出来的。高尔基斜斜的坐在那儿，一脸的“高尔基”。画家雕刻家们对他那么熟悉，比对他自己工作室所在的那条街，他买纸烟的铺子，他的房东的女儿，他自己的领带还熟悉。他们用笔用斧凿在布上[1]头里找出一个东西，高尔基。高尔基总是穿着马靴的？他脸上都是那个样子，他从早到晚，今年到明年，无刻不是“高尔基”？如果不是那些像，我相信，如果与他差肩而过，没有人知道他

1 “布上”后疑脱“石”字。——编者注

是谁。没有多少人看过了还记得他。根本在路上就不会有人看他的，即使已经知道高尔基其人，知道他是个甚么样子。高尔基是甚么样子？两撇胡子——甚么样的胡子？有一回我们演戏，彩排的时候，化装室里，一个演员拿了绉纹笔，抹了底子油，问导演："我来个甚么样的胡子？"导演一凝眸，看了看演员脸，竖出一个指头，十分有把握："高尔基式！"——半搭拉着眼皮，作深思状。高尔基一年到头都在深思，都作深思状？——想想高尔基执笔抽烟的样子。——高尔基要是刚从理发店里出来，甚么样子？——是甚么意思呢？我怎么想起来这个？……

我是想起了绿猫。（高尔基，绿猫！）现在又是叫卖的甚么？甚么地方有关窗声音，隔壁老头儿又咳嗽了。

我的朋友栢要写一篇小说，写绿猫，我就想起了高尔基。今天我刚好看见了高尔基。若是看到别人，我就会想到别人。

我去看我的朋友栢。

黄梅天，总是那么闷。下雨。除了直接看到雨丝，你无法从别的东西上感觉到雨。声音是也有的，但那实在不能算是"雨声"。空气中极潮湿，香烟都变得软软的，抽到嘴里也没有味，但这与"雨意"这两个字的意味差得可多么远。天空淡淡漠漠，毫无感情可言。雨下到地上，就变成了水。

那里是下甚么雨，“下水”而已。（赫哈，下水！）虽然这时念一声“八表同昏”，念一声“最难风雨故人来”，觉得滑稽，可是听巷子里那个苍白的孩子一边跑，一边用稚嫩的声音哀唤：

“有破个烂个电灯泡搿出来，

有破个烂个电灯泡搿出来。”

我可没有电灯泡搿给他，披上雨衣，决定还是去看看栢。虽然毫不热烈，摇曳着，支持着那点意思。

怎么样从我的住处就到了栢的住处了呢？说不上来，我就是已经到了栢的门前，伸手而敲了。“既然不是乘兴，你就不要来！”我心里自己嘀咕。王子猷呀王子猷，活在现在，你也毫不希奇！想到你的得意杰作，我是又悲哀又生气。——才不，悲甚么哀呢，生的甚么气。谁也不能真正画出一幅雪夜访戴图，他不过是自得其乐。这个年头，谈不到这些，卞之琳先生说是“最不风流的时候”，有这么一句话他就活得下去，仿佛不风流害不死他。人言阿龙超，阿龙固自超，那么咱们就超吧。也罢，我明知道这门里没有甚么新鲜事情，优美，崇高，陶醉迷人事情，我还是敲门。剥啄一声，我心欢喜。心里一阵子暖，我这才知道我为甚么要来，我该来。门里至少有我一个朋友，在茫茫人海之中可以跟我谈话。“我好比：南来的雁……”我简直要唱起来了。当然没有唱，一声：

“请进来。”

门为我而开了。我真想说一声：

“啊栢，我真喜欢你！”

现代人都受不了舞台上的大悲剧，受不了颤抖带泪的声音，受不了“太厉害”的动作，然而虽然止于礼义也，却未尝没有发乎情的时候，他只是不让她“出来”，活生生给掐死了，而且毫不觉其残酷。当然我也不说。我为甚么要怪，要不识时务，不顺应潮流。我的朋友栢是个热情人，虽然也给压得差不多坏了，但劲儿似乎还有一点。许多人加给他的评语是“天真”。当然他不是孩子似的。他天生来是个浪漫的底子，关起门来会升天入地，在现实中淘吸出点甚么玩意儿来。——任是这么一个人，我也不能跟他说那一句会令他莫名其妙的话吧。如果我说，他一定愕然，看我一眼，略一点头，心里明白了，上来扶住我，扶到他椅子里坐下，甚至扶到他床上，给我倒水，有钱则为我买水果。他以为我醉了！如果我醉了，我就会接下去说：

“啊栢，你不知道我多难受，多寂寞！这是甚么生活？甚么时候光明才能照到古罗马的城楼？……”

喝醉了还是忘不了开玩笑：栢的隔壁有一位青年，一天到晚唱他的夜半歌声，而且总把城头唱成城楼。——得，我这么哩哩拉拉的，倒像我真的喝醉了！我甚么都没有说，脸上微亮了一下，说了一句：

“怎么样，栢？”

见面总是这么一句。毫无意义。——不，不能是毫无意义，这至少等于说：“哈，又见面了。”

“怎么样？——哎，你来得正好！”

这一句话我爱听。

“怎么啦？”

“我在写文章。”

“你写，我不搅你。我坐一会，看你那本书。”

“不，你来得正好，我写不出来。”

“噢，要我来打岔，好嘛！——写的甚么？”

“一个小说。”

“我看看。”

“别看！”

我已经看见了！题目：《绿猫》；第一行是：

“小时候……”

栢把稿子压在一本大字典底下，给我泡茶。接过茶杯，我不由得不扑嗤一笑，把茶都泼了出来，泼在裤子上。我掏手绢擦裤子。——并不是爱惜裤子，就是擦擦。——是爱惜裤子，下意识里还是爱惜的。这条裤子虽然普通到不能再普通，毫无特色之可言，但小时候总有穿鲜美新衣而喜悦，而爱惜的时候。

“笑甚么？”

当然，他看到我眼睛所看方向就已经明白我笑甚么。

一只瘦骨伶仃的小猫蜷在桌子腿旁边。这两天正是换毛的时候，毛都一饼一饼的。毫无光泽，不能说不难看。又是下雨，更脏了。本来应当说是白地子淡黄花斑，在暗影里说不出是甚么颜色。栢也好好的看了它一眼，冲我皱鼻子，扁嘴，努目而用力点了点头，鼻子里哼出一股气：

“我一定要把它染成一个绿的！”

我又笑，栢可急了，他以为我是笑他，笑他也就是说说，决不会当真把他的猫染成个绿的。他声音大，吐字切，两腿分开，作童子军操“少息”状，说：

“你瞧着！我一定染，染成个绿猫！我已经在一家理发店里问过了，有染绿的水。”

果然不错，他也看了前天的那张报纸。——我看了看他的头，新剪的，打三下！理发匠是顶会把所有的人弄成一样，把所有的人的风格全毁了的，顶没有“趣味”的人。你看看，把我的诗人，我们的小说家，我们的希腊小艺术的小专家，我们的长眉，大眼，直鼻，嘴唇的弧度合乎理想，脑门子宽窄中度，智慧，热情，蕴藉，潇洒的栢先生弄成了甚么样子！要是有画家画，有雕刻家刻，有人来喜欢，来爱，你教这些人何以为情，怎么办？这个头发式样！简直糟糕透顶，这是甚么世界！栢是有他的合适的发式的。有一回，在昆明，也是下雨，栢去看我；没有打伞，也没有戴帽子，他的头发长得很长了，雨淋过，有点湿；他一进门，掏出手绢，擦额头的水滴，一扬头，把披下来的长发甩到后面去，用手那么一撩，嗐！他一霎那他真是一个栢，真美，那才是栢的头发！简直可以说，我喜欢栢就因为他有那一霎，永恒的一霎。否则，现在，这一头光可鉴人的头发马路上到处都是，多没意思！栢看起来相当滑稽可笑，现在。因为这一头头发与他周身上下，与这间屋子的一切，全不相调和——栢一定是在理发店看的那张报纸。前天报纸副刊上有一块“文人怪癖”。似乎是文人就非有怪癖不可，是副刊就得刊载无数次那样的“珍闻”。把脚浸在温水里，闻烂苹果气味，穿红衣裳，染绿头发，……抄集的人照例又必加上许多按语。按语虽各有巧妙不同，然而有一点是大都要提到的，是“这是刺激灵感之方法”。——栢有几根白头发，少年白，他自己已经不大在意了，理发匠可不肯放过，常常在剪好了，吹风上油时就会问一句：

“要不要染一染？三个月不会退的，尽管说。”

栢自然有点不耐烦。如果他有甚么不高兴事情，比如，有那么一只不好看的猫这一类事情，他就会生一点气。一生气，刚好看到报上那段“文人怪癖”，他就装得极有兴趣，极关心的问：

“是不是甚么颜色都能染？”

“甚么颜色都能染！”

回答的不止一个人，不是那个劝他理发的理发匠，旁边好几个一起充满热情的回答。有一位女客为之神色飞舞，问其邻座另一女客：

“陈莉的头发是棕黄色的？”

陈莉是谁？看她们说话神气，大概是一个女“歌手”或是舞星吧？那位为栢理发的理发匠见自己的话为别人抢去代答，颇不高兴。栢想劝劝他，何必呢，凡事都宁可让着人些。然而似乎劝也无用，就问他一点别的，反正他就是要说说话。

“能不能染绿的？”

这就一时都答不上来了。过了一会，最远的一位理发匠说了：

“可以的！我见过染绿的药水。有一回，洋行里发货发错了，有一箱，打开来，是绿颜色的。——没有人要染绿的吧？你先生当然不要染绿头发？”

栢在镜子里点点头，那位刚才还似乎生了一点气的理发匠，正用一面镜子在后面照，问他满意不满意，自然总是满意，总点点头。一面，他回话：

“有人染的。不是我。我甚么颜色都不染。”

大概那时他即想到染他的猫成绿色的了！

大家都说栢喜欢猫。栢也当真是喜欢的。不过教他们，尤其是她们，那么一说，简直说得喜欢猫是件可笑的事，喜欢猫的也是一种可笑的人了。我极代为不平。一听到有人无话可谈的时候谈到他，我就说：“他喜欢很多东西，只要是好看的，有生命的；或是无生命而可以见出生命，见出生命之活动，之痕迹的，他无不喜欢。他从来也没有以为猫是世界上最美，最值得有的东西。”然而众口同声，我也没有工夫生那么些闲气。有时真气了，我就向栢说：

“栢，你就别喜欢猫吧！往后你甚么也别喜欢了。”

可是大家非咬死了说他有猫癖不可。说这个话的，有的自己喜欢猫，援引之以壮声势。有的不喜欢猫，看不起喜欢猫的人，他们要找出这一点作为看不起栢的理由。有些，最多了，无所谓，无话可谈的时候谈谈。——都是栢那篇文章引出来的！

栢从小就与猫接近。他有个伯父，生性严刻，不苟言笑，对待任何人都是冷冷的，可是他爱猫，猫是他性命。他养了一大堆猫，最多时到过四十七头，平常也十头以上。一家之中他伯父就是对栢还有时和蔼慈祥，因为栢可以陪他一起养猫，喂猫饭，用发梳为猫梳毛，为猫捉跳蚤，找老猫在那里生小猫，更重要的是搬个小蒲团坐下陪他伯父一同欣赏那些名贵的猫。栢从之学会医猫病，配猫药，知道猫吃了甚么要长癞，甚么东西则可使猫毛丰长亮洁。他知道许多猫的名色。我只记得狸花，玳瑁，乌云盖雪，铁棒打三桃，瑙玛[1]浆，大吉黄[2]，小杏黄，几种最普通习见的，其余都记起来难，忘起来快。栢还说过许多如何偷接一个种，春夏间如何监视猫的交游，没有尾巴的猫与有尾巴的猫配合，生下来有几个可能有尾，几个无尾，狮子猫下小猫有几分把握能是狮子猫，等等，我说他很可以写一本《猫学》去，这样，他一开头写"小时候……"乃是自然不过的事。——不过，除了我他很少向人谈这些。——幸好没有谈！那篇关于猫的文章，别人看了不知道怎么样，我是颇喜欢的，因为亲切。他所说的那些我有不少知道，在场，所以印象很深。文章我这里有一份，有几处，我以为还可以一看：

> 大雨忽然来了。一个青色的闪照在枫树上，我赶紧跑到柴草房里去。那是距我所在处最近的房屋。我爬上堆近屋顶的芦柴上，听水从高处流下来，顺着瓦沟流下

1 "瑙玛"疑为"玛瑙"。——编者注

2 "大吉黄"疑为"大杏黄"。——编者注

来，响极了。訇——空心老桑树倒了，往下一压，蒲桃架塌了；我的四周越来越黑了，雨点在我头上乱跳。忽然，一转身，墙角两个碧绿绿的东西在发光！——哦，那是老黑猫。老黑猫又生了一堆小猫了。原来它每次生养都在这里！我看它们吃奶，听着雨，雨慢慢小了。

栢谈起过他们家那个小花园，而从这头猫上我可以得到二十年前他的一个影子，在那个小花园中活动。

后来，说到在昆明时候，这时候我已经认识他了。

……有一回我到一个人家去。主人不在，老妈子说："就回来的，说怕您要来，请在屋里坐坐，等等。"开了房门让我进去。主人新婚，房里的一切是才置的，全部是两个人跑酸了四条腿，一件一件精心挑选来的。颜色配搭得真是好，有一种叆叇朦胧感觉，如梦如春。我在软椅中坐了一会。在我看完一本画报，想换第二本时，我的眼睛为一个东西吸住了；墨绿缎墩上栖着一只小猫。小极了小极了，头尾团在一起不到一本袖珍书那么大。白地子，背上米红色逐渐向四边晕晕的淡去，一个小黑鼻子，全身就那么一点黑。我想这么个小玩意儿不知给了女主人多少欢喜。怎么一来让她在橱窗里瞥见了，做得真好。真的，我一点不觉得那是个真猫！猫要是那么小，是没有大起来；还在吃奶的小猫毛是有一块没一块的，不会那么厚薄均匀，茸茸软软的。嘿，——我这一动换，嗖，它跳了下来，无声的落在地毯上，睁着两颗豆绿眼睛。它一点都不是假的！猫伸了个懒腰，走了。我看见那个墩子，想这团墨绿衬得实在好极了。我断信这个颜色是为了猫而选的。——这个猫是什么种？一直就是这么大……？想着，朋友进来了，我冒冒失失的说："××，你真幸福！"朋友不知道我所称赞的是那一点，瞠目而视，直客气："那里，那里！"女主人微微一笑，给我拿来一个烟灰缸子过来。……

这里所说××我也认识。那个女主人呢，不少人暗暗的为她而写了诗。我们的栢兄大概也写过不止一首吧。想想他说"××，你真幸福"那股子傻楞劲儿？——这事说来也近十年了。没有十年，八年。而另外一段，我更熟习，那时我跟栢同住在一个地方，在大学里念书的时候：

……得要有一个忧郁得甜迷迷的小院子，深深细细，缠缠绵绵，湮浸于一种古意。……

昆明是个颇合乎理想地方。一方面许多高大洋楼连二接三的生长出来，真是如同雨后春笋。一方面有戴乌绒帽勒，饰以银红丝球缨络，青布衣上挑出葱绿花纹的苗女，从山里下来，青竹篮里衬着带露羊齿叶片，用工房中唱情歌嗓子在旧宅第下马石前长喝一声"卖杨梅——”

新与旧的渗和对照，充满浪漫感。去年沙嘴是江心，呼吸于梅礼美的“残象的雅致”之中，把无可托付的心倾注在狗呀猫呀的身上的，想想看，有多少人？……

我所寄住的那一家，没有一个男人，一个五十多岁的老姑娘带两个很难说是什么身份的女孩子。她们都吃素，老姑娘念经奉佛。她们经年著一尘不染的青布衣，青布鞋，有时候忽然一齐换一天或银灰色，或藕合色的高领窄袖子，沿边盘花扣子的老式慕本缎子衫裙；到天黑，回房才褪尽簪珥，仍是老样子，髻子辫子上留一朵淡色的或艳色的花。不知道那一天有甚么事情。——不知是甚么道理，鱼磬声中，一点都不是先入为主，神经过敏之见，有一种执著的悲剧气味，一种安定的寂寞，又渗杂一种不可名状的挣扎。而这一切，为一头大猫点动出来。院中一棵大白兰花树，一进门即觉得满身是绿。浓香之中，金残碧旧，一头银狐色暹罗大猫伏在阶前蒲团上打盹，或凝视庭中微微漾动的树影，耳朵竖得尖尖的，无端紧张半天，忽然又懒涣下来；住久了，慢慢的，话就越来越少了，好像没有甚么可说的。……

这样的文章，即使栢是我的朋友，唯其是我的朋友，我不能说是怎么好，我不是说“可以看看么？”难道看也不能看么？我相信韩昌黎“气水也”的说法，把文章摘出这么两三段来看是很要不得的办法，因为只见浮物，不见水，也浮不起来。——我们所谓风格，大概指的就是那么股“劲儿”。是落花依草也好，回风映雪也好，你总得从头至尾的看下来才有个感觉。正如同要行了才算是船，砌死在那儿，那怕是颐和园的石舫，也呆板的。不过我把栢的文章抄在这里，他要是反对，不是反对因为失去层叠逶迤，翩翩盼顾而觉得有意跟他为难；是态度，是从切面中见出态度，从态度中有人，有好事人会提出他是怎么样一个人。从这三两段之中若是有人“唔”那么一声，“谈猫的！”他就没法奈他何。那位先生的意思当然是：猫不是猫，是很多东西，是大白兰花树，是银灰藕合，寂寞安定，是青竹篮带露羊齿叶，是如梦如春，叆叇朦胧，是枫树，青色闪，是浪漫感觉，……是不大壮健，是过了时的东西！有人说它晦涩，有人说它浅，都对。栢没法奈他何。是的，我可知道栢的苦。他自己比谁都明白，一天到晚的嚷着，为甚么没有时间给我读书，给我思索，给我观察，为甚么我不能深入于生活，平正于字句，为甚么我贫弱，昏聩？看他用全力搏兔，从早到晚，天黑到天亮，（这样的时候不多，不是他不干，是时候没有，）结果颓然败阵下来，神色惨然，向我摊手，说：“没有办法，你看见的，我尽了力，可是格格不入，一无是处。”我就劝他：“你就别写吧。”这他可忽然爆发起来了，仿佛我就是他弄不好的题目，冲到我面前：

“我不写，我不写干甚么？”

他是要反对我抄，反对的是这个。但是反对过一会儿他就不反对了。他就说：“无所谓的。日光之下无新事，都要过时。”

就因为过时，我问栢：

“哎栢，你为甚么写这么个题目？”

我这一问好叫栢不高兴。他大抽了一口烟，推出下唇而喷出来，那么斜着眼睛看了我一下。我知道这兜起了他的恨。当然他不能一直用那样的眼睛看我，把眼睛移过了，那么看着一幅梵诃的画，右手的大拇指无意识的拨弄他的衬衫扣子。渐渐的，他的表情之中透出一种悲怨，一种委屈。糟糕，我这么一句不经意的话闯了祸，我怕他要哭。你可以想象那一会儿的僵，那一会儿我的不安，我的无以自处。我吸吸鼻子，咳嗽两声，舌头舔舔嘴唇。要是这种情形一直持续下去，我只有快快的说，乞怜，抗拒，绝望，哀楚，恨毒：“我走了。”从此我就绝不再来。倒是栢，他或者是因为梵诃的燃烧的笔触而得到安慰，得到鼓舞，得到启迪，忘了，不计较我的话，他倒体谅起我的踟蹰，他脸上的表情变得非常温柔，把手加在我的手背上，我就是怎么会嘲笑，甚么Cynical，我不能不为他感动，他缓缓的叹了一口气：

“我总在这儿写就是了，你知道的。——我这也并不是象征派，我有良心。”

栢为我拿烟，为我点火。这也有下场。否则，他的手一直加在我的手上，成何体统？在我们的恳挚未为俗情笑煞之前即把手取去，是聪明的。自然事亦大可哀。但还是这样好，含蓄些，古典些。空气既已缓和，且因为这么一来，我们就更亲近，更莫逆于心，我就问问栢：

“为甚么写不出来呢？”

栢苦笑，手那么一伸，把他的房间介绍给我看。不用说别的了，房间里有四张床！——比我的房间里还多一张。一张窄窄的小桌子，桌上又是肥皂，又是牙刷，又是换下来的衬衫，又是童子军哨子，又是算盘，又是绍兴戏说明书，又是甚么文艺杂志，杂，乱，多，不统一，不调和。这间屋子真暗，真湿，真霉，真——唉，臭！栢从云南带来的一个缅漆盒子被人撂在墙犄角，这个东西他曾经那么宝爱过。他画了好几年的一个画稿上一个热水壶印子，一堆香烟灰，而且缺了一角。雨越下越大了。幸亏有雨，他才能多单独一会。而隔壁雄壮的古罗马的城楼歌声认真其事的唱起来了。栢的眼睛落在一本书上：佛金尼吴尔芙的《一间自己的屋子》，他表情极其幽默。

我想问问他是不是还是那么几个钱薪水，得了，别问了。

栢翻他的抽屉。找甚么东西？

“张先生有信来。身体比较好些了。得等再照一次X光再说。究竟怎么样了呢，也不知道。他写了二十年，不管怎么样吧，写了二十年，似乎总该得到一点报酬。——还骂他！这时候还骂他作甚么呢？在外国，这时早到了给他写传记的时候了。要批评他，就正正经经的批评也好，——那么轻佻，那么缺薄，当真他的文字有毒么？紧张热烈的在工作，在贫穷苦闷之中不放下笔来，这还不够伟大？——昨天见到李先生，他总是那么精神旺健，说：‘别骂！张某人比你们大家都穷，也比你们大家都用功，这是事实，这就够了！’何必呢？现在我们还有比麻木，比愚蠢，比庸碌更大的敌人么？为甚么不阔大些，不看远些？……

“他还是劝我换个方法写。你看么？”

我看信。一面还想了想“斗士”这两个字到底该是甚么意思。

“是怎么回事？”

“我寄去一篇小论文，后来发现其中有一处很不妥贴，写信请他暂缓发稿，已经来不及了。后来想想，也无所谓，反正不是甚么不刊之论。我年纪还轻，活着，谁也不知道里里外外要翻多少次身，要起多少次变化。你看我到了这儿一年，就在这儿变。——他这两句让我有一点感慨。你看。”

> ……其实一般读者无此细心。大凡作者用心深致处读者即恰恰容易忽略。事极自然，因作者所谓深致，即与作者不大用心时文笔不同。一人尚如此，何况诸读者？……

“你感慨甚么呢？”

栢从字典下把那一叠《绿猫》原稿抽出来，拿起笔来写了一个“废”字，把桌上的笔套起来。

“不知道甚么时候才写得好，又‘错’了。

“就是缺少那点用心深致处！——在生活里‘出’不来。文章里‘进’不去。格格不入，不对劲儿，不对。

“瑞恰滋的说法已经很多人认为不能满意。我可是还没有见到更好的说法。——自然一切说法只是一种说法，它并不能就限制住写的人的笔。没有甚么说法，大家也还是要摸索着前进，写出许多东西再等有人来结说一句。

“古往今来的文章当真有甚么用？说法国革命是一支《马赛进行曲》引出来的未免太天真，太乐观，有点倒因为果。而且《马赛曲》唱了出来多半也还是有点偶然。——为甚么写？为甚么读？最大理由还是要写，要读。可以得到一种‘快乐’，——你知道我所谓快乐即指一切比较精美，纯粹，高度的情绪。瑞恰滋叫它‘最丰富的生活’。你不是写过：写的时候要沉酣？我以为就是那样的意思。我自己的经验，只有在读在写的时候，我才觉得自己活得比较有价值，像回事。

“可是——难！纪德说：‘若是没有，放它进去！’说得多英勇！我看要生活里有诗，只有放它进去。——忽然想到这么一句，不大相干。

“我并不是要把读跟写从生活里独立出来。这当然也不可能，办不到。并不是把生活一刀两段，截然分开，这边是书，是艺术；那边是吃饭，睡觉，打哈哈，不是这样的意思。……我要的是甚么东西呢，不妨说就是‘灵感’吧。

“就像等公共汽车，看着远远的来了，一脚跳上去，想它，想那点灵感，把我带到一个比较清爽莹澈，比较动人，有意义，有结构，有节拍的，境界里去。灵感，我的意思是若有所见，若有所解，若有所悟。吃着饭，走着路，甚至说着话，尤其是睡前，醒后，忽然心里那么触动了一下，最普通的比喻，像拨响了琴弦，这就仿佛活了起来，一把抓住，有时就得了救。我就写。——阅读，痛快的阅读，就是这个境界的复现，俯仰浮沉，随波逐浪，庄生化蝶，列子御风，味飘飘而轻举，情晔晔而更新。……”

栢看了我一眼，看我确是在听，集中精神在听，听得很沉迷。其实不如说我在看，看他说，看那些其实没有甚么出奇，我也知道的词句如何从他的心里涌出来，具何颜色，作何波澜。我在听，在看，在鼓励击赏。栢高兴，这一会儿他嗓子也好听，情感流得自然中节。

“给你背一段书：

“古人云形在江海之下，心存魏阙之上[1]，神思之谓也。文之思也，其神远矣！故寂然凝虑，思接千载；悄然[2]动容，视通万里。吟咏之间，吐纳珠玉之声；眉睫之前，卷舒风云之色，其思理之致乎。——珠玉，风云，这是六朝人滥调，不过‘寂然’，‘悄然’形容得好！……

“故思理为妙，神与物游。神居胸臆之间[3]，而志气统其关键；物沿耳目，而辞令管其枢机；枢机方通，则物无稳[4]貌，关键将塞，则神有遁心。……”

我点头：

“张载说：‘心中苟有所闻，即便劄记，不思则还塞之矣。’非常同情他这个‘还塞之矣’，非常沉痛。”

1 《文心雕龙》原文为“形在江海之上，心存魏阙之下”。——编者注

2 “悄然”《文心雕龙》原文为“悄焉”。——编者注

3 《文心雕龙》原文无“之间”。——编者注

4 “稳”字《文心雕龙》原文为“隐”。——编者注

“是以陶钧文思，贵在虚静：疏瀹五脏[1]，澡雪精神；积学以储宝，酌理以富才，研阅以穷照，驯致以怿辞。——真好！

“夫神思方运，万涂竞萌，规矩虚位，刻镂无形：登山则情满于山，观海则意溢于海，我才之多少，将与风云而并驱矣！……”

“你背得真熟。”

“因为就像是我说的！——我还是赞成背书。就是太忙。我多久没有这么‘像煞有介事’过了？从前不相信甚么会闷出病来，现在想，大概真有那么回事。我母亲，他们就说是闷出病来，死的。”

栢这会儿神采焕发，眸子炯然。他在椅子把四肢伸得直直的，挺了挺腰，十分舒畅的样子，看起来他比平常也长大了些。我可以体会到他身体里丰满的快感。过了好一会，雨小些了，他走了两步，重重的叹了一声：

“四序纷迴，入兴贵闲；勤靡余暇，心肖长闲[2]，可是我怎么闲得起来？”

他长吸一口，把烟蒂灭了。打开抽屉，放好他的断稿

1 “脏”字《文心雕龙》原文为“藏”。——编者注

2 “勤靡余暇，心肖长闲”或化用陶渊明《自祭文》中句，原句为“勤靡余劳，心有常闲”。——编者注

《绿猫》。这家伙太敏感自觉，虽然对我还有时这么淋漓尽致的抒说，但也不让自己太忘形。过于恣肆固恐使我难堪，漫无节制亦为他文章义法所不取。完了，即使我紧接着，用热望的眼睛注视他，说“说下去”，他也不说了。古罗马的城楼又唱起来，而且远远的已经听到他的同事们嚷着唱着来了。栢向我笑：

“满城风雨近重阳。——水之积也不厚，则其负大舟也无力，我其为芥之舟乎？——甚么时候，我才能有一个比较可以长时间思索，不被干扰的时候？——你也走吧，你也不善应酬，我实在怕看你装得很会应酬的样子；而且再有半点钟你们就要开饭，我也不留你。”

抱起他的小猫，栢送我到门口。我看着马路对面法国梧桐的绿叶，笑。

“又笑甚么？”

“我想你有句甚么话要说：‘感谢你让我痛痛快快说了半天话，胡说八道，毫无道理，不要笑我。’——把你的猫送还给人家去吧，多难看！”

“阁下聪明，倒是，算你猜着，不愧是小说家！——才不送，我要把它染绿了呢！别把我的话记下来，说我说的，我怕挨骂，除非等我把那篇了不起的大作，文学与人生，写出来之后。——哎，你上回说的道士请神情形很有意思。真是那样？是你诌出来的？”

“诌甚么！回去吧。过两天来。希望你的《绿猫》也写好了，猫也染绿了。”

…………

风雨如晦，鸡鸣不已。——哎呀，我已经在这里坐了几个钟头了？天已经透蓝。咦，这里居然也听得到麻雀叫？——糟糕，我伤风了。刚才我放下笔歇了一会儿，抽了两枝烟，我想了些甚么？……我想起栢文章中提到的小院子，那时我们住在一起。想起那棵大白兰花树，现在正是开花的时候了。只有在云南那样的气候，白兰花才能长得那么大，罩满了整个一天井。花时，在巷子里即闻到香气，如招如唤。我们常搬了一张竹椅，在花树下看书，听老姑娘念经敲磬。偶然一抬头，绿叶缝隙间一朵白云正施施流过，闲静无比。一个老蜂窝又大了不少。一个蜘蛛结网，忙碌辛勤，忽然跌落下来，吊在半空；不知是偶然失足，还是有意如此，好等风来吹去，转换一个方向。我们有一个长耳绿匋瓶，用匋瓶汲取井水来喝。——这时候！我们多半已经到了呈贡，骑马下乡了。道路都在栗树园中穿过，马奔驰于阔大的绿叶之下，草头全是露，风真轻快。我们大声呼喝，震动群山。村边或有个早起老人，或穿鲜红颜色女孩子，闻声回首，目送我们过去。此乐至不可忘。——一说，也十年了，好快！——而这里，就是汽车！汽车又一辆一辆的开出来了。……

……怎么会想到高尔基身上去的？……喔，是想到道士请神，于是想到高尔基。

凡道士做法事道场，拜斗礼坛，既爇香，例须降神。降神，就是变成一个神。其实和尚也如此，当中坐的那个戴昆卢帽的大和尚是地藏王化身。不过道士降神过程，比较长，比较顶真。偷鞋骗食的道士，自然不过略具形式而已。有道理道士则必虔诚恭敬，收视返听，匍伏坛前，良久良久，庶可脱去自己，化为太乙。旁边的小道士，这时候由"掌鱼"的领头，摇铃击磬，高声赞美，退魔障，全真灵，参助其升超。据说内行人常常可以看出变到了如何程度，是快是慢，是易是难。据说，如果降请既毕，得到灵感，——他们也叫灵感，即凡俗人，若谛细观察，亦可以觉出与平常神色不烦，端正凝祥，具好容貌，有大威仪。这似乎与理学家的功夫有相似处。噫，鬼神之事，难言之矣，小时我不怎么相信，现在也还是一样。不过那个理却似乎有的。我有兴趣的是它可以借给我作一个比喻。

高尔基就像那个道士。我是说画布上的，白云石，青铜上的，诚然是高尔基，但那是高尔基的精华。平常时候，比如从理发店里出来的时候，（高尔基也要理理发，俄国的理发匠不见得高明到那里去！）高尔基未必常如是。高尔基一定也有很不像样的时候，如果人家一定要送他一个难看的小猫他怎么样呢，大概也没有办法；而高尔基大概也不喜欢听古罗马的城楼，不喜欢四个人住一屋，不喜欢汽车声音，不见得喜欢一点都没有雨的意思的下雨天也。——那种最高尔基式的时候，当然是他写得或者读得得意的时候。像果戈里所说，写不出来，在纸上乱画，写：

我今天写不出来，

我今天写不出来，

我今天写不出来！

的时候，自也有一种可以令人感动之处。不过画家雕刻家似乎看不到；看不到所以他们画不出，刻不出。这怕倒还是写小说的可以来表演一下子了。

因为栢写不出文章，我想到这些。我是说高尔基可能比栢稍为可以平和安定一些，有时间可以思索，不会那么要写而不能写。——我这想的有点怪么？

栢的《绿猫》，要写的，是一个孩子，小时极爱画画，可是大家都反对他。反对他画画，也反对他画的画。有一回，他画了一个得意杰作，是一头猫。他满腔热望，高高兴兴的拿给父亲看，父亲看也不看。拿给母亲看，母亲说：“作算术去！”拿给图画老师看，图画老师不知道生了甚么气，打了他十个手心，大骂他一顿："那有这样的猫？那有这样的猫！"他画的是个绿猫。画了轮廓，他要为猫著色，打开颜色盒子，一得意，他调了一种绿色，把他的猫涂成了绿的。长大了，他作公务员，不得意。也没有甚么朋友，大家说他乖癖。他还想画画，可是画不成，乱七八糟的涂得他自己伤心。他想想毛某的《月亮和六辨士》更伤心。到后来他就老了。人家送他一个猫。猫，人家不要养了，硬说他喜欢猫，非送给他不可，没有办法，他就收养了。他整天就是抱着他的猫。有一天，他忽然把他的猫染成了绿的。看到别人看到绿猫的惊奇样子，他笑了。没有两天，他就死了。

虽然我曾经警告过他，说这样的小说我没有看见过。这算甚么呢，算心理小说？心理小说在中国还是个颇"危险"的东西。中国人大概都比较简单，也许我们的小说作家以为中国人很简单，反正，没有这个东西。我想劝他还是写写高尔基式的小说。不过，还是让他写下去吧。也许他有一天会写黑猫，白猫，狸花猫，玳瑁猫的。——你也知道的，他写的是他自己。

我担心的倒是，猫要是个绿的，他把猫眼睛弄成个甚么颜色呢？唔，我以为这很严重。

天倒是晴了。早晴，今天一定热得很。——隔壁那个老头子咳了整整一夜。——不得了，汽车都出来了，这个世界上充满了汽车！还有，那是无线电的流行歌曲，已经唱起来也！我想起那位乖戾的哲人叔本华的那一篇荒谬绝伦的文章：《论嘈杂》。

三十六年七月二日，上海

年红灯

走出室门，总要抬头看看，为甚么要看看呢，看甚么，——不知道，也许是想看看天，我曾经住过一个地方，天蓝起来非常的蓝，有的时候多雨。然而看到的却是马路对面高楼屋顶上一个铁架子，一个广告铁架子。这东西，无话可说，很伟大，竖那么一个架子的工程可以盖好我的屋子的罢。架子上本来有几个大字，每个字比一间房子都大，最近，天天有人搭了长梯子在上面工作。人在上头那么小，看他们在上头动，好像动得也很慢，很轻微，仿佛完全不是一个普普通通像我们一样的人，因为比例不对，知道，他们是在油漆那几个字，而且这两天在装年红灯了。——是谁想起

* 初刊于一九四七年八月十八日《宁波日报》，初收于人民文学版《汪曾祺全集》第一卷。

来装的，我坐在椅子里，也可以看见，很高兴一抬头总看见他们在那里，有时竟然看得出他们在谈话，抽烟。我坐在椅子里，手里工作告一段落，抽烟，或喝一杯茶，悠然而自窗口看出去。

一天晚上，亮了，那些年红灯亮了，红光蓝光交流转换。先是小字一个一个生出来，一排排现齐了，于是划然而呈出几个大字，又抹掉似的不见了，又重新再来一遍，红光蓝光交流的落在我阶前，屋顶，我的书，我的纸，我的手指上。

这几个工人他们一定也看见了，他们一定看的。

而我在马路上看见一个人，他看广告上那些灯，从他看的样子，我毫不怀疑的相信他即是那些工人之一，白天他还在那个架子上工作的。那是他的作品，我看了他一会，——他心里是甚么感觉？

“每天都喜欢到江边来玩吗？”

“是的，这里比较清净！”

“对热闹不感兴趣？”

“女孩子固然都喜欢热闹，可是我觉得只有静时候才是真正快乐！”

“这是各人的个性，也许你的心是喜欢幽静的。”

“你觉得这地方好吗？”

“大概是因为市区的空气太浮嚣，每天总想到这里来看看不断地东流的水，在这里我总可以从凝静的心里认识到人生的真谛，譬如江心的浪罢！每个浪花都负有它底使命，一个接连一个，它们永远的没有止境，也永远的不需要后退！”

“这就是你对于人生的认识吗？可是我们生在现代的社会里，我们所负的使命不是比浪花更重吗？”

“也可以这么说，哦！你觉得这畸形的社会，不太令人悲伤吗？”

“不，只有弱者才悲哀，我们是青年，应该给人类争取幸福，也就是为自己争取幸福！”她严肃地说。……

于是他和她从此构成了一段Romance。

在江边芦花开得正茂盛的时候，他俩的爱情也正如花儿一样的浓厚而洁白。

四个月后寒冷给他带来了不幸。她失踪了。没有一个字给他，并且事先也没有一点出走的破绽。他伤心，他为人心的无恒而痛哭，他格外地沉默了，连平常藉以解闷江边也不愿去，为的是免得引起自己的愁思而增加痛苦与悲哀。

第二年的春天，春风带来了野蔷薇的气息，他意外地接到了她底来信，报告了她“旅途”的平安，他恢复了以前对她的敬爱而且更加地佩服她崇拜她了！但是他不能写一封信，去表示他对她的崇拜与佩服，因为她没有告诉他有一定的通讯地址。

来信里有一段是这样的。

“……朋友！生命就是创造，有创造才有快乐！我不愿做一朵鲜花供给人玩赏，我要像灿烂的旭日普照四方，我不愿做水上的浮萍，随波逐流，我要学自由的鸟儿，任意飞翔，人生不需要罗绮包裹，我要生命上有血泪的创伤，眼前的安乐是靠不住的，朋友！人生需要求永久的朗照，不要一时的彩异。

“现在我已经获得了生命的真谛，实现了我理想的一部分，我要牺牲自己去为大众服务，自从去年别后，我就开始了我底实际工作，我加入了长征的队伍，向世界和平追求！

“朋友！努力你底学业吧！将来继我之后……”

一直到现在，他没有接到她第二封信，也更不知道她现在甚么地方。

这是一个梦么！

每到秋临大地的时候，他总不免从记忆里拾回这一个美丽的慷慨的破碎了的梦！

牙　疼

我的牙齿好几年前就开始龋蛀了。我知道它真的不一点都没有坏，是因为它时常要发炎作痛。“牙疼不是病，疼起来要人命”，说得一点不错。好家伙，真够瞧的。一直懒得去看医生，因为怕麻烦。说老实话，我这人胆子小，甚么事都怯得很。医牙，我没有经验，完全外行。这想必有许多邮局银行一样的极难搞得明白的手续吧。一临到这种现代文明的杰作的手续，我张皇失措，窘态毕露，十分可笑，无法遮掩。而且我从来没有对牙医院牙医士有过一分想象。他们用甚么样的眼睛看人？那个房间里飘忽着一种甚么感觉？我并不“怕”，我小时候生过一次对口，一个近视得很厉害的老

* 初刊于《文学杂志》（商务印书馆发行）一九四七年第二卷第四期，初收于北师大版《汪曾祺全集》第一卷。

医生给我开刀，他眼镜丢了好几年，眯暌朦胧之中，颤颤巍巍为我划了个口子；我不骗你，骗你干甚么，他没用麻药；我哼都没哼一声，只把口袋里带的大蜜枣赶紧塞一个到口里去，抬一抬头看看正用微湿泪光的眼睛看我的父亲。我不去医牙完全是不习惯，不惯到一个生地方，不惯去见一丝毫不清楚他底细的人。——这跟我不嫖妓实出于同一心理。我太拘谨，缺少一点产生一切浪漫故事的闯劲。轻重得失那么一权衡，我怎么样都还是宁愿一次又一次的让它疼下去。

初初几次，沉不住气，颇严重了一下。因为看样子，一点把握都没有，不知道一疼要疼多少时候，疼到一个甚么程度。慢慢经过仗阵，觉得也不过如此。“既有价钱，总好讲话。”牙是生出来的，疼的是我自己，又不是我要它疼的，似乎无庸对任何人负责，因此心安理得。既然心安理得，就无所谓了。——我也还有几个熟人朋友，虽未必痛痒相关，眼看着我挤眼咧嘴，不能一点无动于衷。这容易，我不在他们面前，在他们面前少挤挤咧咧就是了。单就这点说，我很有绅士风度。事实上连这都不必。朋友中有的无牙疼经验，子非鱼他不明白其中滋味，看到的不过是我的眼睛在那儿挤，嘴在那儿咧而已，自无所用其恻隐之心。多数牙也疼过，（我们那两年吃的全差不多，）则大半也是用跟我一样的方法对付过去。忍过事则喜，于此有明证焉。他们自己也从未严重，当然不必婆婆妈妈的来同情慰问我。想来极为惋惜，那时为甚么不成立一个牙疼俱乐部，没事儿三数人聚一聚，集体牙疼一下呢，该是多好玩的事？当时也计划过，认为有事实上的困难。（牙疼呀，你是我们的誓约，我们的纹徽，我们的国，我们的城。）慰情聊胜无，我们就不时谈谈各人牙疼的风格。这也难得很。说来说去，不外是从发痒的小腹下升起一种狠，足够把桌上的砚台，自己的手指咬下一段来；腿那么踡曲起来，想起弟弟生下来几天被捺下澡盆洗身子，想起自己也那么着过；牙疼若是画出来，一个人头，半边惨绿，半爿炽红，头上密布古象牙的细裂纹，从脖子到太阳穴扭动一条斑斓的小蛇，蛇尾开一朵（甚么颜色好呢）的大花，牙疼可创为舞，以黑人祭天的音乐伴奏，哀楚欲绝，低抑之中透出狂野无可形容。……以此为题，谈话不够支持两小时。此可见我们既缺乏自我观照，又复拙于言词，不会表现。至于牙疼之饶有诗意，则同人等皆深领默会的。曾经写过两行，写的是春天：

看一个孩子放也放不上他的风筝，
独自玩弄着一半天的比喻和牙疼。

诗写得极坏，唯可作死心塌地的承认牙疼的艺术价值的明证耳。我们接受上天那么多东西，难道不能尽量学习欣赏这个可遇而不可求的奇境吗？吓。

但人不能尽在艺术中呼吸，也还有许多实际问题。首先，牙一疼影响作事。这个东西解又解不下来，摔又摔不掉，赶又赶不走，像夏天黏在耳根的营营的蚊雷，有时会教人失去平和宁静的；想不得，坐不住，半天写不出两行。有一回一个先生教我做一篇文章，到了交卷限期，没有办法，我只有很惭愧的把一堆断稿和一个肿得不低的腮拿给他看。他一句话不说，出去为我买了四个大黄果，令我感动得像个小姑娘，想哭。——这回事情我那先生不知还记不记得？再有，牙疼了不好吃东西，要喝牛奶，买一点软和的点心，又颇有困难。顾此失彼，弄得半饱半饥，不大愉快。而且这也影响工作。最重要的，后来一到牙疼，我就不复心安理得，老是很抱歉似的了。因为这不复是我一个人的事情。有一个人要来干涉我的生活，我一疼，她好像比我还难过。她跟我那位先生一样好几个牙都是拔了又装过的。于是就老想，那一天一定去拔，去医。

这时两边的牙多已次第表演过，而左下第二臼齿则完全成了一口井。不时缤纷的崩下一片来，有的半透明，有的枯白色，有的发灰，吃汤团时常裹在米粉馅心之间，吐出来实不大雅观。而且因为一直不用左边的牙，右边嚼东西就格外著力，日子久了，我的脸慢慢显得歪起来。天天看见的不大觉着，我自己偶尔照镜，明白有数。到了有一次去照相馆拍照，照相技师让我偏一点坐，说明因为我的脸两边不大一样。我当时一想，这家伙不愧是个照相技师，对于脸有研究，有经验！而我的脸一定也歪到一个不容忽视的地步了。我真不愿意脸上有特色引人注意，而且也还有点爱漂亮的，这个牙既然总要收拾的，就早点吧。——当然我的脸歪或许另有原因。但我找得出来的“借口”是牙。

那个时候，我在昆明。昆明有个三一圣堂，三一圣堂有个修女，为人看牙。都说她治得很好，不敲钉锤，人还满可爱的；联大同学去，她喜欢跟你聊，聊得很有意思。多有人劝我一试。我除了这里不晓得有别的地方，颇想去看看那个修女去了。不过我总觉得牙医不像别的医生。我很愿意我父亲或儿子是个医士，我喜欢医生的职业风度。可我不大愿意他们是牙医。一则医生有老的，有年轻的，而我所见的牙医好像总是那么大年纪，仿佛既不会大起来，也没有小过，富有矿物性。牙医生我总还以为不要学问，就动动家伙，是一种手艺人。我总忘不了撑个大布伞，挂个大葫芦，以一串血渍淋漓的（我小时疑心是从死人口里拔下来的）特别长大牙齿作招牌的江湖郎中。一个女的，尤其一个修道女做这种拿刀动钳子事情，我以为不大合适。“拔”，这是个多厉害的字！但这是她的事，我管不了。有时我脑子清醒，也把医牙与宗教放在一起想过，以为可以有连通地方。我记得很清楚，我曾经三次有叩那个颇为熟习的小门的可能。第一次，我痛了好几天，到了晚上，S陪着我，几乎是央求了，让我明天一定去看。我也下了决心。可第二天，天一亮，她来找我，我已经披了衣服坐在床上给她写信了。信里第一句是：

“赞美呀，一夜之间消褪于无形的牙疼。”

她知道我脾气，既不疼了，决不肯再去医的，还是打主意给我弄点甚么喜欢吃的东西去。第二次，又疼了，肿得更高，那一块肉成了一粒樱桃色的葡萄。不等她说，我先开口：“去，一定去。”可是去了，门上一把锁，是个礼拜天。礼拜天照例不应诊。我拍掌而叫：“顶好！”吃了许多舒发药片，也逐渐落了下去如潮，那个疼。我们那时住在乡下，进城一趟不容易，趁便把准备医牙的钱去看了一场电影。我向她保证，一定看得很舒服，比医医牙更有益，果然。第三次，则教我决定了不再去了，那位修道女回了国，换了另一个人在那里挂牌。不单是我，S也是，一阵子惆怅。她比我还甚，因为修女给她看过牙，她们认得。她一直想去看看她，有一个小纪念礼物想在她临走之前送她带去的。人走了，只有回去了。回去第一件事是在许多书里翻出那个修女所送的法文书简集，想找出夹在里头的她的本国地址。可是找来，找去，找不着。这本书曾经教一个人拿去看过，想是那时遗落了。这比牙疼令人难过得多。我们说，一本精致一点的通讯册是不可少的，将来一定要买。战争已经结束了，人家都已返国了，我们也有一个时候会回乡的吧。

还好，又陆陆续续疼了半年，疼得没有超过记录，我们当真有机会离开云南了。S回福建省亲，我只身来到上海。上海既不是我的家乡，而且与我呆了前后七年的昆明不同。到上海来干甚么呢？你问我，我问谁去！找得出的理由是来医牙齿了。S临别，满目含泪从船上扔下一本书来，书里夹一纸条，写的是：

“这一去，可该好好照顾自己了。找到事，借点薪水，第一是把牙治一治去。”

感激我的师友，他们奔走托付，（还不告诉我，）为我找到一个事。我已经做了半年多，而且我一个牙齿也拔掉了。

轻拈慢拨了几回，终于来了一个暴风式的旋律。我用舌头舔舔我那块肉，我摸不到我自己，肿把我自己跟自己隔开了。我看别人工作那么紧张，那么对得起那份薪水，我不好意思请假。我跟学生说，因为牙不大舒服，说话不大清楚，脑子也不顶灵活，请他们原谅我。下了课，想想，还是看医生。前些时我跟一个朋友的母亲谈起过我的牙疼，她说她认得一个牙医，去年给她治了好几回，人蛮好的，我想请她为我介绍一下。我支了二十万块钱理直气壮的去了。

哈，我终于正式做了个牙齿病人！也怪，怎么牙医都是广东人，不是姓梁就是姓麦，再不就姓甘！我这位姓梁。他虽然有一种职业的关心，职业的温和，职业的安静谦虚，职业的笑，但是人入世不很深，简直似乎比我还年轻些，一个小孩子。候诊室里挂几张画，看得过去。嗐！有一本纪德的书呢。我在沙发上坐了一会，看了几页书，叫我了。进去，首先我对那张披挂穿插得极其幽默的椅子有兴趣。我看他拉拉这，动动那，谨慎而“率”，我信任他。我才一点都不紧张。我告诉他我这个牙有多少年历史，现在已残败不可收拾，得一片一片的拈出来，恐怕相当麻烦吧。我微有歉意，仿佛我早该来让他医，就省事多了。他唯唯答应，细心的检视一遍之后，说：“要拔，没有别的办法了。”那还用说！给我用药棉洗了洗，又说一句，两万块。别人要两万五，×老太太介绍，少一点。我简直有点欢喜又有点失望了，就这么点数目。我真想装得老一点，说：“孩子，拔吧。”打了麻药针，他问我麻不麻。甚么叫“麻”呢，我没有麻过的经验，但觉得隔了一层，我就点头。他利利落落的动钳子了。没有费甚么事，一会儿工夫牙离了我，掉在盘子里。分两块，还相当大，看样子傻里瓜几，好像没睡醒。我看不出它有甚么调皮刁钻。我猜它已经一根一根的如为水腐蚀得精瘦的桥桩，是完全错误。于此种种，得一教训，即凡事不可全凭想象。梁医生让我看了牙，问我：“要不要？”唔？要它干甚么？我笑了笑。我想起一个朋友在昆明医院割去盲肠，医生用个小玻璃瓶子装了酒精把割下来的一段东西养在里头，也问他：“要不要？”他斜目一看，问医生：“可以不可以炒了吃？”我这两块牙不见得可以装在锦盒里当摆设吧，我摇摇头。“当”的一声，牙扔在痰盂里了。我知道，这表示我身体中少了一点东西了，这是无法复原的。有人应当很痛惜，很有感触。我没有，我只觉得轻松。稍为优待自己一下，我坐了三轮车回来。车上我想，一切如此简单，下回再有人拔牙，我愿意为他去“把场”。

第二天第三天我又去换了换药，梁医生说，很好，没有事了。原来有点零碎牙的地方，用舌尖探了探，空空的，不大习惯。长出一块新肉，肉很软，很嫩，有如蛤蜊。肉长得那么快，我有点惊奇。我这个身体里还积蓄不少机能，可以供我挥霍，神妙不可思议，多美！我好像还舍不得离开那张躺着很舒服的椅子，这比理发店的椅子合乎理想得多。他这屋里的阳光真好，亮得很。我半年没见过好好的太阳，我那间屋子整天都是黄昏。看一看没有别的病人，静静的，瓶里花香，我问梁医生：“你没有甚么事吧？我可以不可以抽一枝烟？”他不抽烟，给我找了个火。我点着烟，才抽了一口，我决不定是跟他谈纪德的《地粮》对于病人的影响还是问问他到上海来多少时候，有时是不是寂寞。而梁开口了：“你牙齿坏了不少，我给你检查检查看。”好嘤。他用一根长杆子拨拨弄弄，（一块不小的石粒子迸出来，）他说：“你有八个牙须要收拾，一个要装，两个补；三个医一医，医了补；另外两个，因为补那个牙，须锉一锉，修一修。”他说得不错，这些牙全都表演过。他在一张纸上加加减减，改改涂涂，像个小学生做算术，凑得数凑不上来，我真想帮他一手。最后算出来了，等于二十四万。算着算着，我觉得真是不能再少了，而一面头皮有点痒起来。我既感激又抱歉。感激他没有用算盘，我最怕看人打算盘打得又快又准确。抱歉的是我一时没有那么多钱。我笑了笑，说：“月底我再来吧。”我才抽了一口的那根香烟，因为他要检查牙，取下放在烟灰碟里的，已经全烧完了。看了它一眼，我可该走了。

出了门，我另外抽了根烟。梁说那个牙要是不装，两边的牙要松，要往缺口这儿倒；上头那个牙要长长。长长，唔，我想起小时看过些老太婆，一嘴牙落完了，留得孤仃仃的一个，长得伸出嘴唇外头，觉得又好玩又可怕。唔，我这个牙？……不至于。而且梁家孩子安慰我说短时间没有关系。我要是会吹口哨，这时我想一路吹回去。八年抗战，八颗牙齿，怎么这么巧！

这又早过了好几个月底了，那个缺口已经没有甚么不惯，仿佛那里从来也没有过一个甚么牙齿。我渐渐忘了我有一件很伟大的志气须完成，这些牙须要拾掇一下。我没有理由把我安排得那么精美的经济设计为此而要经过一番大修改。我不去唱戏，脸歪不歪也不顶在意。我这人真懒得可以。只是这两天一向偏劳它的右臼齿又微有老熟之意，教我不得不吃得更斯文，更秀气，肚子因而容易饿了，不禁有时心里要动一动。我想起梁的话，牙齿顶好不要拔，可惜的，装上去总不是自己的了。但一切如在日光下进行的事，很平和，似有若无，不留痕迹，顺流而下。我离老还很远，不用老想到身体上有甚么东西在死去。

前天在路上碰着一个人，好面熟，我们点了点头，点得并不僵。——这是谁？走过好几步，我这才恍然想起，哦，是给我看牙齿的那个梁医生。我跟他约过，……不要紧，在他的职业上，这样的失信人是常常会碰到的。

战争到甚么时候才会结束？战争如海。哼，我这是说到那里去了，殆乎篇成，半折心始，我没想到会说了这么多。真不希望这让 S 看见，她要难过的。

三叶虫与剑兰花

把那一部份图书仪器送走了，心里空了好一大块。有一点感触，含浑，有重量，但是一点一点的加上来的，心理有个准备，知道总有这么一天，这么一刻，到底来了！仿佛倒很满意。怎么说，总完了一件事。相信徐之所觉所受跟我差不多。不过他似乎比我更深沉些。不敢说，这全是揣测。看一看他的眼睛，很暗，有一点纷乱。不过给我纷乱印象的也许是他的头发。今天事情忙，有几个箱子须要拆开重装，我们都没有好好梳头；公路上风也大。他的头发分开，向后。很后，好像总是逆风而行，像每根头发发根细而近末端处越来越粗，到发尖才微收一点，好作一归宿。看起来他的脑门

＊初刊于《文艺工作》一九四八年第一期，初收于北师大版《汪曾祺全集》第一卷。

子就比实在的更高些了，而且头好像总向后扬一点的样子。我相当喜欢这样的头发，这至少比飞机头那种纨袴气有骨子得多，有一股子俊拔坚毅劲儿。不过头没有好好梳，刚才帮着搬抬那些箱子，无心顾到头发，忙乱中弄得他更乱，而且风把他的头发披下一片在额前了。风从我们身后吹来。——然而，大体上说，无损于他的深沉稳重。啊，我似乎太注意他的头发，我的眼睛那么巡视探究是非礼的。只因为我稍为觉得有点与平常不一样，有一点惊异。人到底不能天天是一样的！从他的密闭的嘴角上掠下来，我看看脚边车轮印子。

“走吧。”

“走吧。”

我们就向来的那条石子公路上走回去。

九月了，这个地方还是那么暖和。下雨天，早晚，凉些，晌午的太阳照在身上跟夏天差不多。多少做了点事，有点汗了。我把外衣脱了，搭在肩上。风吹得又真的和霭殷勤，不尖不酸。徐额头也有些潮润，我看他掏出手绢擦过不止一次。也许这是他的习惯，有许多人做完了事总要擦擦的，即使不出汗。然而这会儿实在热了，十点多了。徐为甚么不脱衣服？他想着甚么，不大在意。这个人好像经常的想着甚么的，所以他的研究工作做得那么精细实在。这样的性格跟他的工作真合适。他做一切事总是那么从容不迫，有条不紊。我这会儿可是想说说话。我们所有的研究室也空了，许多习性真该随那些图书仪器一块运走了。我们有一段时间过另外一种日子，我们要旅行不少地方，回一趟家，见许多东西，吃吃，谈谈，……我有跟人说点儿甚么的欲望，几次要开口了，想不到说甚么好。得了，随便，随便最好，抬一抬头：

“天是真蓝！”

“哎，真蓝。”

他看也没看，他低头走他的路。除非他由地上明亮的太阳光知道，由路边黑白分明的尤加利树阴知道。不过他这两个字里有甚么感情？——我觉不出。他不想说话？——他应当看看这个天！

“真蓝！”

我微微叫喊，想把我的热烈传给他。

“哎，这样的蓝天真难得。”

他说这句话时我正点火抽烟，我没把全力集中在他声音高低上，不过从字面，从“真”，“难得”，我以为他也颇有动于中了。他一向不大说话，平日讲解时也是一个字一个字，清楚明白。不像我，我在指导实验时老是说了些不相干的话。说当初完成这个实验费多少日子，困难，艰苦，失望，终于来了个成功，一切的坚忍有了交待，说这多美，这些步骤是多好一个对称，有节奏的形式，这这，这那；即正经分析图解时也带了许多不必要的感情，分摄了学生的精神兴趣，使他们对过程重点，工具应用，计算较差反不能有深刻印象。我老是节制，节制，可是想做到像他一样的不枝不蔓，简洁鲜明，绝无希望。——现在，把这些他跟我的分别全扔开吧。（试试看，也许办得到。）谈谈天，为了我们最后一趟从这条路上走回来！我不管徐是否需要说话，不管他，反正他听着就行。我们说话机会也不多了，我久有跟他多谈谈的愿望，看样子，他不大讨厌我，这就成。

这个地方的天真是蓝得怪！我们一来，首先看到这个，临走了时也都带着这片明丽的颜色作一切辛酸喜悦回忆底子。想想看，我们在这里生活了七八年，人生中最精彩、最值得活、最有决定性的几年！战争把我们一下子掀翻了，泼出来，从原有设计中一丝一丝拆散，让你再换个样子编去。学校搬了家，落脚在这么个梦也没有梦到过的山城里来，以一种特殊方式完成教育，吃些甚么离奇饮食，而且说得一口地道本地话，清清楚楚为从外县四乡来的人指路，小巷僻坡，莫不了如指掌；听他们听的戏，喝他们喝的酒，害他们害的病，种他们种的花；日常如此，不以为意，战争前途一片昏雾，从来渐渐，越来越没有想到甚么时候“回去”，而忽然惊天动地来了个消息，一个战争戛然收了梢，眼前一片明亮蓝天，不免楞住了。越来越是真的，越来越具体，路虽淤滞回长，到底通了，布告贴出来，迁校有了日子。大家忙着整理。零落卖变，所剩无几，收拾起来说快也快，甚么时候有车，扎了个小包就走。然而搁下甚么，捎点儿甚么，难起来真也难。问题是有个限制，你不能把舍不得的，挂肚牵肠的一股脑装上车。尽管是破烂寒伧，那怕是伤过你的心的也就有它的意义。……

好了，明天我们也走！一批一批的上了路，留一部照管着装箱。别人怎么样我不知道，我本来是很乐意的接了这个差使的。可以多留一阵子，而且有个名目。事情有点忙，可因为与平常职务不一样，做的是告一结束工作，觉得有特殊意思，并不疲累。工夫尽有，不用太赶。把一本书从架上取下来，在放到箱子里去之前，可以翻开看看，也许里头有点甚么标记符号，夹个小条子，甚至一瓣干花，一点痕迹，或不可知，或可想像，令人一晌猜疑，半天微笑，全极好玩。一个一个玻璃瓶子包扎起来，摇一摇，幌一幌，亮处照一照；那些是后来添置的，那些还是从前带来的，自己尽可做一记认。这一盒子甚么？龙虾！豁噫，这个标本怎么还是光绪年间剥制的？我这几年都没见过，恐怕系主任也忘了。这一大套仪器从美国订来，到了海防，刚好滇越路断了，绕了个大弯儿，整整三年六个月才运到！都检点完了，记下名称、数目，叫木匠来钉上，贴了封条。抽那一根烟，说不出是一个味儿。我觉得人比较敏锐深细，比较精致，比较更能触到若干事物的内容含蕴，掂得着时间生命的意义价值，虽然比较孤单，但不寂寞。这个木匠这一阵就跟我混得极好，我们一处工作，同喝茶谈天，有时我还请他吃豆花米线，来一碟生拌螺蛳，椒盐芽豆下玫瑰重升。而且我也跟徐稍为熟一点了。……

明天，明天我们走了。我跟徐才稍为熟一点。我在生物系装箱，他在地质系。两个办公室相对，当中隔一个院子。院子里美人蕉正红，牛目菊白，种的竹子都高大得不认得了，人去了，路上草滋蔓起来，闲静之中充满生机，这在我看起来就是一分别意。派给生物系地质系钉箱的木匠是一个。有时他那边拾掇好了，就过来叫。有时我这儿已经没有事，就帮他做一点不紧要的小手续。我学的虽然[1]生物，但兴趣极广，（这个倒楣脾气害了我！）碰到甚么都要问问。他不爱说话，但一一为我解释。不敷衍，不不耐烦。扼要，清楚，但跟上课讲授时不大同，不那么硬性。而且他有时说得得了意，会把手里工作放下，翻书，检找同类标本，拿粉笔在地上画，说得兴奋动容。我看着他的眼睛，觉得这里头也燃烧，不过更深，不顶亮，但是热。有时，他也用手势，用

1 “虽然”后疑脱“是”字。——编者注

和点着桌面划出语言的节拍。（自然不致像我一样简直要一把拉住学生的手了。）他说得时间比较长了，就会向我抱歉，说他忘形了。抱歉甚么，我真该感谢，我一点三叶虫的智识全是他传授的，他介绍了一堆书，送了我几件标本，直到现在我还搜集一批化石，作为我的本行以外的研究，可以增广我的天地，全是他之所赐。这个人作学问笃实恳切真是少见。不管怎么样有那么几天，我认识了一个值得认识的人。以前我看他坐在窗前工作，或在堂上讲书，我对他敬重，这一阵下来，我对他极有兴趣。……

我们还可以同一段路。到了长沙分手，他向北，我向东。这一路我们会同起居，同饮食，同车同渡。我希望更多了解他一点，他是怎么一个人，有些甚么事情。也怪，他简直没有甚么朋友。他毕业较早，得了地质调查所一笔津贴，一向一个人在滇西一带山里找寒武纪化石。去年一个教授因事去美，缺下一门功课没有人来讲，电邀他来，以研究助教名义代了那一个课程，还兼了一班普通试验。他上课，读书，开会也到，只是不大说话。系里人说他有点怪僻，很少跟他接近。我所知道的，起初，他有时下乡去，相当远的乡下，去看他唯一的朋友陈去，陈在一个地方性的研究室负责，与徐是同班同学，我也认得的，他太太是我的同乡。后来他们搬到外省去了，他有甚么地方可去呢？……

一个高大，坚实，强壮，而孤独的人，……

这一条路我们一齐走了多少次！学校车子一批一批开，一批带走一部份箱子。他们急于想走，有些把箱装好，托别人代交，反正每次都有押运的。我们代送了不少箱，物理系化学系都有，甚至还有一箱中国文学系的，而且连钉都由我代钉。我反正不着急，家乡回不去，学校开学早得很，不如在这里多搜几件缅漆盒子，烤茶罐子，老式陶器，便宜银器，钱要是够，还想买一把古宗人的刀！徐是甚么原因则不知道了。每回，我们送箱子上车，也送一批人走，回来，学校里就空得多了。一溜二十几辆卡车，一排，坐满了人，脸上全带情感，心中一串话，（这一早晨他们表现得最完全，最精粹，最有轮廓，）哨子一吹，开了。若在从前，小姐们定有流泪的。我跟徐就成了个送行专使，一次又一次，抬手，扬巾。虽然熟人很少，有时简直一个也无，但是车上人齐声说“再见”，你能把手埋在袋子里吗？一阵雷声，一阵烟，远了，留下黄土里一片车轮印子。一种浅的，算是浅的伤感，但是你不能否认伤感这个东西。这叫人心软。心一软，人就稍稍善良，那怕是一点点，是暂时的。徐每次也都招手。这是最末一次了，我似乎看见他没有。他拿着一张封条，黏得不结实，落了下来，封条上印着学校名称。也许，这是偶然。

我越是对徐不大清楚，就越想探究。他分明不是个无足轻重的人，我放不开他，何况又没有第三个人！我没有太大耐性，又不专注，甚么事上都未免浅尝，且又留连，顾盼，旁涉，断续，对于这样一个“整块”的人简直无所施其技。瞻之在前，忽焉在后，可是他就是那样，动也不动，不避让，不遮饰，不狡诡，不装模作样，不要你逗你，甚至没有在意你在窥伺他。我的时候不多了，我的急于下结论的老毛病就更厉害起来。我喜欢投机取巧，走捷径，老想用一两句话说尽了一件事，一个人，我简直想把人生也笼括在几个整整齐齐的排句里。——我这份鬼聪明！当然，有时没有话找话说，为的应急。我像小孩子用帽子扣麻雀似的那么抓了几句：

这个人，他真是来“送行”了，他就是来做这么一回事，送是送了，可是不是送“人”。好像送行这回事可以单独存在，无借于行的人，即使有人吧，人是行的一部份，所有的人格只在行这一点上才有意义，或者说，一个象征。……

这一串字才成胚，我就知道不是我要的样子。我只是借题发挥。这倒是说了我自己。说出我的好高骛远的妄想。我从来不肯一步一步的走，不肯剥茧抽蕉[1]的拆开一个东西看，

1 “剥茧抽蕉”疑为“剥蕉抽茧”。——编者注

（我连一个表都修不好！）我记起有一次跟徐谈法布尔，我不能不承认他对这位孩子的朋友，昆虫的爱好者，比我知道得多得多，我跟他辩论过，（唯一的一次辩论；其实不是辩论，在他面前，我好像随时放丢一切我已持意见，尽找一块可以托足地位站一站，好跟他抗衡，他则以静待动的借了我而一层一层的往里说，）他说法布尔怎么样只好算个诗人，（“孩子的朋友”，“昆虫的爱好者”是他用的字，）要说他是个科学家也可以，看你对科学家下的定义如何。他说，想像是好的，那也是另一种智慧。好吧，他说我也应当去学诗，连念生物都不顶合适。——幸好我学的是植物分类，我自以为与某些性格尚相调协。我说起这些，为的是表示他和我不同；为的是我因此而对他“没有办法”。因此，我有时有一种潜沉的愤怒。我刚才那么抓了几句满不相干的话，也是借以宣泄一点我的抗议。……

我说他不是送“人”，是我简直怀疑他对于“人”没有兴趣。我的抗议又表示我当然并不相信如此，而且当真并不如此的。正如同我固然不是诗，他也不就是科学，人不是那么单纯的。我抗议是因为不知道他究竟对人是怎么一个看法，然而我相信他有一个看法；因为已经有，就不用说，倒好像我说了便表示实在少得很，近于没有。他又决非那种说说俏皮话自以为真轻蔑否定得了一切的人，或者许多口口声声说

"一无所知"，而表示自己真知道得清楚的人。我就是想像？我的家庭，我的朋友，我的如醉如狂感情，全是想像？……不知道为甚么，我因为他简直烦恼起来，好像我活得全不值得似的，特别是我看过他的黑的，大的，不动的，真不秀气而实在有热度的眼睛。……

我抗议，因为他是孤独的。我抗议，他们说他："怪僻！"……

我因为我不能是他而困恼。他总是那么一整个，我真想把他拆开，搅得乱七八糟，再一点一点的凑起来。今天，我有点得意，因为他格外明显的露出他的纷乱了。当我一揭出，他就更可怜。他显得跟平常不大同。他显得矮了一点，肩膀也不那么方，不那么硬，脸上不那么一是一，二是二，不那么齐整，我甚至觉得他的腿有点虚软，大体上他好像萎了一点，皱了一点，雕刻性减少了一点，光和影含胡暧昧些。我曾经说"无损于他的深沉稳重"，是的，他仍旧是深沉稳重，但你感觉得到他在那儿支撑。虽然只是一点点剥蚀，一点裂缝，正因为本来是那么坚固，你觉得这个石像不复像平日一样在座子上立得那么泰然了。走下一段路来，说了一阵子话，我相信不是错觉。因为虽然我明天要走，我没有觉得自己有甚么剧显的变。我相信，不是"想像"！我得意，因为我居然对他有一种从未有过的感情，怜悯。不知道为甚么，我觉得他今天比我弱，至少，跟我一样的弱。

我并不一直咬着他不放，我之所感远较我写出来的要朦胧得多，零碎，起落，正反，拾起又扔掉，迟疑中已为他事所乱，我的兴趣仍是在说说话。从车站到学校有一段路，又静又平，一棵一棵的尤加利，一粒一粒的石头，一步一步的走，脚下踹起萨萨的声音，间或一队从山里来的驮马摇着它们项下生铜铃，缓慢悠远，忽然紧碎起来，当那些马洒开四蹄飞奔的时候。我说得很多，说这里的风物，说这几年的生活，说书，说人，同学，教授。不知是甚么道理，我居然把这些东西牵连得起来，似乎还首尾相应，可以引出一个甚么来龙去脉来似的。我得到一种自由，不像平日一样的逡巡荡漾，因势利导，得心应手，时有神来之笔。直到我觉察徐原来那么听着是只须要我的声音，至于我说了些甚么，他没有在意，我于是骤然冷了下来，一种难堪的冷漠因为彼此乞求援手的旗语而更暴露了。于是话枯了，像泉水一旦见了底，我们闷着头走路。我看到几次他的太阳穴耳下至颚骨颤动了一下，他想说话，这就更糟。这情形他以前极少有。我们走在这儿，像两条平行线，永不会相交。这是怎么回事？我们两个人都走得快起来，步子迈得大了，都感觉这最后一截太长。好了，前面就是墙，门，房子，我松了一口气，我简直是用了长途竞走到达终点的步子窜上了石阶，而且生怕他抢在我前头。——

忽然他从我肩后奔跑过去，这[1]我的心登登一阵跳。怎么回事！坐在校医室门口的一个乡下女人一团火似的向他扑了过来？他慌忙急促的开他的锁，越乱，锁一时越弄不开，于是我一面开自己的门一面可以回头看他的样子。两个门同时开了，他的门立刻关上，两个人消失；我轻轻推，推了一半，也用力一送。——

第一个思想：刚才我真不该那么看！然而我怎么办呢？立刻我好像完全明白这是怎么回事。我心里昏茫了一阵，不一会即恢复清醒。今天我所观测是确凿的，而且这一阵子我飘忽感觉原来都不该放过。我倒没有全神设想对面屋里的情形，只嚼着自己的孤单，因为无法助人。我不知道如何安排自己，我焦躁，不安，像一匹等待上鞍的马，忽然一下子我对他的印象全变了，而且根本没有印象。我构不出他的面容，只有他那对眉毛，平平黑黑的两道，在虚空中。我不晓得我现在对他感情是甚么，好像小孩子玩积木，从底下抽去一块，哗啦啦整个倒了下来！这回事情来得太突兀，超乎我的经验。最后我只有锁了门出去，我还有许多东西要买，而且我已经饿了。我原来想约徐一齐到一个本地饭馆里去吃一顿饭的，我现在决定仍是去那一家，我一个人。我看了看对

1 “这”后疑脱“使”字。——编者注

面那个门，看了看那些花，明红亮白，太阳好旺。

我睡得很晚，我有事担阁，而且也有意逗留。回来时满地月光，四处极静，看看对面屋子，没有灯。我在自己门前停了停，决定不走过去。东西都已经理好，房间里空空落落，把一本打算在车上看的小说看了三分之一，睡了，我想起前一个月一个展览会中的一幅油画，一个肥硕的女人，睡在猩红的毯子上。虽然没有衣服，正因为没有衣服，你一望而知是个乡下女人，一个夏娃一样的女人。……

第二天起来，推开窗户一看，木匠用两个木条子交叉着钉对面房间的门。我好像并不觉得惊异，好像这正合乎理想。我过去看看，好像去看一个老炮台，旧堡垒。没有甚么，地下几张废纸，一个耗子洞很清楚的露在墙角。时候还早，我各处去看看，关照木匠把数学系的门钉了再给我钉，请他把“生物系办公室”那块小木头牌子取下来，我想带了去。我得去把那几棵美国种的剑兰块根挖出来，我是否该带一点原地的土去？……

我一个人上了路没有人跟我招手。再见，我们住了八年的地方！

陈夫妇同时去美，未及一见，也许他们知道那个女人是怎么回事。那一门功课因为原教授已经回来，照样开班。学校已经上了半年课了，迁回战前的原址。我继续教我的书，而且我的剑兰又开花了，一天一天的记载花的发育生长的日记，今天，我用一种极其庄严的态度写下：——第一朵花。

斑　鸠

我们都还小，我们在荒野上徜徉。我们从来没有过那样的精致的，深刻的秋的感觉。

秋天像一首歌，溶溶的把我们浸透。

我们享受着身体的优美的运动，用使自己永远记得的轻飘的姿势，跳过了小溪，听着风流过淡白的发光的柔软的草叶，平滑而丰盈，像一点帆影，航过了一大片平地。我们到一个地方去，一个没有人去的秘密的地方，——那个林子，我们急于投身到里面而消失了。——我们的眼睛同时闪过一道深红，像听到一声出奇的高音的喊叫，一起切断了脚步。多猛厉的颜色，——一个猎人！猎人缠了那么一道深红

* 初刊于《新路周刊》一九四八年第一卷第九期，初收于人民文学版《汪曾祺全集》第一卷。

的绑腿，移动着脚步，在外面一片阳光，里面朦朦胧胧的树林里。我们不知道我们那里也有猎人，——从来没有看见过，然而一看见我们就知道他是，非常确切的拍出了我们的梦想，即使他没有——他有一根枪。太意外又太真实，他像一个传说里的妖精出现在我们面前，我们怕。我忘不了我们的强烈的经验，忘不了——他为甚么要缠那么一道深红色的绑腿呢？他一步一步的走，秋天的树林，苍苍莽莽，重叠阴影筛下，细碎的黄金的阳光的点子，斑斑斓斓，游动，幻变，他踏着，踏着微干的草，枯叶，酥酥的压出声音，走过来，——走过去了。红绑腿，青布贴身衣裤。他长得瘦，全身收束得紧紧的。好骨干，瘦而有劲，腰股腿脚，处处结实利落，充满弹性。看他走路，不管甚么时候有一根棍子剧速的扫过来，他一定能跳起来避过去的。小脑袋，骨角停匀而显露，高鼻梁，薄嘴唇，眼目深陷，炯炯有光，锐利且坚定。——动人的是他的忧郁，一个一天难得说几句话的孤独的生活着的人才可能有的那种阴暗，美丽的，不刺痛，不是病态的幽深。冷酷么？——是的。我们从来没有见过一个这样的不动声色的人，这样不动声色对付着一个东西。一看就看出来，他所有的眼睛都向外看，所有耳朵都听，所有的知觉都集中起来，所有的肌肉都警醒，然而并不太用力，从从容容的，一步一步的走。树不密，他的路径没有太多折曲歪斜。他走着，时而略微向上看一看，简直像没有甚么目的。用不着看，他也确定的知道它在哪里。上头，一只斑鸠。我们毫不困难的就找到了那只斑鸠，他的身体给我们指了出来，这只鸟像有一根线接在他身上似的。是的，我们像猎人一样的在这整个林子里只看得见一只斑鸠了，除此之外一无所见了。斑鸠飞不高，在参差的树丛里找路，时而从枝叶的后面漏出瓦青色的肚子，灰红的胸，浅白的翅胛，甚至颈上的锦带，片段的一瞥。但是不管它怎么想不暴露它自己，它在我们眼睛里还是一个全身，从任何一点颜色我们复现得出一个完整的斑鸠。它逃不出它的形体。它也不叫唤，不出一声，只轻轻的听到一点鼓翅声音，听得出也是尽量压低的。这只鸟，它已经很知道它在甚么样的境遇里了。它在避免一个一个随时抽生出来的弹道，摆脱紧跟着它的危机，它摆脱，同时引导他走入歧途，想让他疲劳，让他废然离去。它在猎人的前面飞，又折转来，把前面变后面，叫刚才的险恶变为安全。过去，又过来，一个守着一个，谁也不放弃谁。这个林子充满一种紧张的，迫人的空气，我们都为这场无声的战斗吸住了，都屏着气，紧闭嘴唇，眼睛集中在最致命的一点上而随之转动。勇敢的鸟！它飞得镇定极了，严重，可是一点没有失了主意，它每一翅都飞得用心，有目的，有作用，煽动得匀净，调和，渐渐的，五六次来回之后，看出来飞得不大稳了，它有点慌乱，有点踉跄了。——阿呀，不行，它发抖，它怕得厉害，它的血流得失了常规，要糟！——好快！我们简直没有来得及看他怎么一抬枪，一声响，啐极了，完了，整个林子一时非常的静，非常的空，完全松了下来。和平了，只有空气里微微有点火药气味，——草里有甚么小花开了？香得很。

猎人走过去，捡了死鸟，（握在手里一定还是热的）拈去沾在毛上的一小片草叶子。斑鸠的脖子挂了下来，在他手里微微晃动，肚皮上一小块毛倒流了过来，大概是着地时擦的。他理顺了那点毛，手指温柔抚摸过去，似乎软滑的羽毛给了他一种快感。枪弹从哪里进去的呢？看不出来。小小头，精致的脚，瓦灰肚皮，锈色的肩，正是那一只啊，甚么地方都还完完整整的，好好的，“死”在甚么地方呢？他不动声色的，然而忧郁的看了它一会，一回头把斑鸠放进胁下一个布袋子里，——袋子里已经有了一只野鸡，毛色灿烂的一照。装了一粒新的子弹，背上枪，向北，他走出了这个林子，红色的绑腿到很远很远还看得见。秋天真是辽阔。

现在我们干甚么呢，在这个寂寞的树林里？

锁匠之死

我们城里总是铳人。“铳”就是枪毙。不说是枪毙，说铳。你如果不说铳而说枪毙，城里人就觉得你要不是外边来的，“外路码子”；要不，假如知道你的底细，知道你的祖宗三代，你的“骨头渣子”，你是本乡人而（他们以为）故意不说本乡话，撇“官腔”，哈呀，了不起！你这两个字触犯了他们，他们一定对你侧之以目，嗤之以鼻，努之以嘴，歧视你，恨你，对你有一种敌意。小城里的人都敏感得出奇，多疑善忌，脆弱的自尊心一来就碰伤了。他们随时听得出你声音里有些甚么意思，随时觉得你笑他，看不起他，为了跟你对抗，他们在他们的城垣上增了更多的石头，把他们的固

* 初刊于一九四八年七月十八日《平明日报》，初收于人民文学版《汪曾祺全集》第一卷。

执堆积得更高。如你往大街上一看，随便问一句：“甚么事情？——是不是又枪毙人？”人丛之中一定有一个十分严厉的声音直撞撞的发出来：“铳人！”你没法奈何，你觉得他像是寻事找碴儿罢，他又可以说这是好意跟你答话。你皱一皱眉毛，他那儿心里可笑开了。准保事后他一定跟人添油加醋的讲一气，把你形容得狼狈不堪。……好罢，就说是铳人。我们城里是个铳人铳得最多的地方，这简直是她的最大的特色。要是把这个特色取去，我想不出有甚么可以代替它的。每年要是没有那么些人枪毙，我们的城是甚么样子呢？我怕我要不认得她了。我的那些尊贵的同乡们的一部分情感当然要没有搁处了。于是我们的城加给我一层阴暗。说“最多”不无有点问题，但无论如何比别的地方要“重要”，影响要大。如果说我的印象不大准确，我告诉你，我的初级中学在县城东门城脚，东门外即是杀场。出东门有一木桥，桥下的水呼呼的流得很悲惨，本来叫做东门桥，但一般都称之为“掉魂桥”，言死囚过此桥上魂即掉去也。我们在上课，忽然远远听见许多人奔跑的声音，听见那种凄厉的单调的号声，一会儿汹汹涌涌的过去了。我们的心就沉下来，沉沉的撞击，紧紧的压得难受。枪响了，听得清楚是几个人，一人挨了几枪。冲起一阵喝采的声音，再又是一阵杂沓的脚步，当中夹着一串整齐的，一队保卫团的兵，跑步，吹的号是凯旋号。有时适在下课时候，同学多随着去看。年纪都还小，很多在枪声一响的那一霎回过头来的。我则从未亲自去看过。不过有时进出东门，殷红的白，发了一点黑，破烂的尸首总会映到你眼睛里来。东门外有一个非常好的乘凉看书吹口琴放风筝的地方，有一棵极大的桑树，结了一树大紫桑葚，在摘下来要放进嘴的时候一想到枪一拨响的景象就会老大不自在，眼睛里涌出了恐怖。有一次，我刚从外面回到学校，要进校门，校门进不去了，全是人，堵得死死的，后面有人还拿了凳子爬上来看，就要来了，——又铳人。没有办法，只好站在前头。既然非看不可，我就好好的看一看。一共五个。我一个一个看过去。全是土匪。向来枪毙都是土匪。有一个，我认得！那是南门的一个锁匠。

这个锁匠有一个很好的百灵。我每次经过他门前时都要看一看。我记得他那个铺子的整个的样子。我记得他的样子。他有妻子老婆[1]，有一个孩子。他家后头有个小院子，有一棵树，树长过屋脊，在外头就看得见。……现在，这是他。他就要去枪毙了。他坐在一个柳条篮子里，被两个扛夫抬着，这样子很滑稽。滑稽得教人痛苦。是他！他没有变样子，不，这不是他。他怎么会，怎么会。是这个样子呢。你猜我当时想的甚么？我想做皇帝。我想九更天，闻太

1 原文如此。——编者注

师，——我想我一点也不能救他。我白着脸站在那里。等门口人滚滚的插进跟在后面的队伍里去，松了，露出了大门，我走进去。我一个人坐在空空的学校里的空空的教室里，半天半天。一直到听见有人在隔壁弹风琴。我是个孩子！但是别笑我，那个锁匠是个了不得的人，了不得的锁匠。他的铺子，我傍晚经过时特为看了一看，果然，知道是，关上了。当然一定是关了多少日子了，我早就知道，早就听说，早就看见的。然而以前好像这是不可靠的，不真实，不明明白白的，现在，完了，划然的摆在我面前。排门上两道封条，十字交叉，白纸黑字，县政府封，月日，一颗大朱印。有一根柱子有点歪。

他的罪名是跟匪有来往，通匪。跟匪有来往不一定就是通匪。但在我们地方上人看起来没有甚么两样。至少愿意他没有两样。他的情形也比较特别一点。……主要是因为他住的地方。他住在简直是城中心，往南往北都没有几步即是闹市和富宅。这简直不得了，给他们的威胁太大了，不等于是匪都住在家里来了？随时就有危险，嘿！他们容不得这么一个大胆的人，而且那么一个聪明人，那么有心眼，机伶。而且，他倒真稳呐，一点都看不出来。看他那样子，哪里像个通匪的人，像个匪呢？（直截指之为匪了。）还怪和气的，怪规规矩矩，说话，待人，哪一样不好好的？天天还都见面呢！——个王八旦！谁料得到他里头是这么样的险！奸！他们气愤了，他们觉得他顶可恨的是他们被他蒙住了，他们像个三岁孩子似的被人欺负了，他们冤！于是从前对他的好感漫无节制的增高起来，他们简直把他说成了神，甚么不可能的，平常决不有人相信的事情大家全都相信了，临时现抓，越编越多，越编越长，越编越有声有色，委委曲曲，原原本本，一大套变成理由和证据，——杀他！因为，他们不为甚么也希望他被杀，希望有人被杀，他们要创造出这么一个人。这回花样翻新，异于往常，有趣。

他是个锁匠。姓王，一般称之为王锁匠，或锁匠小王。从前，他是个挑锁匠担子的。但锁匠担子常常也称为铜匠担子，锁匠也是一种铜匠，而且与真正的铜匠有一部分的工作是相同的，简直大部是相同的。所以王锁匠未始不可以称为王铜匠。比如北平市口角有一个矮子铜匠，职业性质与王锁匠全无二致，而人不称之为矮子锁匠称之为矮子铜匠。王锁匠的“锁”字有一点标榜的意思，因为他配锁配得特别好。你见过那种锁匠担子么？长方的两个木箱子，底微阔大，渐上渐小，四边都是梯形。一边一个，挑着时咔——咔，咔——咔的响声，箱子上头有个架子，横挂一长串钥匙之类，互相擦击，发出声音，极有节奏。这种担子跟修洋灯洋伞的，补锅的，锡匠的担子都如同兄弟，有一种渊源，一种亲切的关系，都是小时候常常会让我把急切的脚步放缓，让我嗒焉如有所失，毫无目的跟着他看着他半天的。“补锅，——”丁达达丁，丁达达丁，丁达达丁达达丁达达丁，……有一种特殊响器，很多的精铁长片串在一起，撒开来一齐花喇喇放出去，又趁手一带收回来，折成一叠，这有个名字的，叫做甚么甚么子，……哎呀，我怎么会又想不起来呢，我都闹不清究竟该往谁的手上搁了。不过锁匠担子常常有的是固定的顿在一处，等人来就教。木箱的一头各有许多小抽屉。我多想把那些小抽屉一个一个的抽出来看看啊。这些小库房里简直是包罗万象，用之不竭。并不乱搁的，每一格都是一定有东西。那每一个锁匠担子都是完全一样的。这一个锁匠跟那个锁匠若是换一付担子用一两天绝对没有问题，没有甚么不方便。不，一两天是可以的，多了不成，器物各有不同性格，用惯了自己的用别人的不顺手，不如意。——都是这样，所有的这种担子都有一定的秩序。甚至皮匠担子。我从前以为皮匠担子总是砧子木板乱搁的，才不，刀是刀的地方，锤是锤的地方，麻线，黄蜡猪鬃都占一定角落，甚至篮子上竹架子上夹的上底的牛皮马皮，大大小小，都挨着差不多的层次！顶要紧的是一把大锉。大。锉身有二尺多长，四四方方。一头一个木柄，抓在手上。一头是锉头，木制，圆的，顶头饱出，作球状，套在一个固钉在木箱上的铁环里。锁匠坐在一个马扎子上，坑蚩坑蚩拉那锁。锉钥匙，锁匠，锉别的东西。磨锉金属的声音本来是不大好听的声音，但如果那个锁匠，我不讨厌，我听惯了，而且可以毫不勉强的说，我喜欢。是的，那是沉着痛快，锲而不舍，坚决而持实的声音，一锉下去，拉回来往下再一推，铜屑子灿烂的撒下来，那边，那个东西上一道槽子，生新的一条一条痕迹。锉高一点，低一点，偏一点，侧一点。手里控着的东西转着方向，嘎兹嘎兹，嘎兹嘎兹成了。这是最诚实的，最好的广告。“喂，拿过来试一试。”一把死了的锁，郭达，开了。再试试，锁起来，郭达，开了；郭达，开了。好。因此有多少人少做许多着急的梦了。一年丢了钥匙的倒也不少噢？这些钥匙都到哪里去了呢？锁匠有许多旧钥匙是哪里来的呢？只见人拿了锁来配钥匙，拿了钥匙来配锁的不多罢？锁匠开得的锁多，不一定[1]钥匙，有一根铁丝弯来弯去的。大多数锁都不费事。据说一个小偷学习他的行业之前必先学作木匠，瓦匠，懂得房屋路径构造，撬椽子挖洞，爬高走险，还得，学两年锁匠。而捉到过好多小偷，说是都是由锁匠出身的。所以，王锁匠的事犯以后，有人说，他在没有“大做”之前一定还摸过几家子。偶尔捞一点外水，并不长做，不在地保面前挂号，手脚紧密，不露破绽，没有人知

1 “钥匙”前疑脱“用”字。——编者注

道。有两笔肥的呢，不然，就坑蚩坑蚩，他就开得起铺子来了？这么多锁匠呢，为什么他们都拉一辈子大锉？——害[1]，你，你叫王锁匠给你配过钥匙没有？哈！你运气！你知道你担了多大的风险啊，他是，甚么锁到他手里就听他的话的啊，见过一把锁就忘不了的啊，弹簧弹子德国钢锁都开得开的啊！啧！你他妈的婊子不害 ×，——走局。你丢过东西？——没有？——可惜。

王锁匠后来开了个铺子。一个正式的铜匠铺子。这就是说他有三根铜苗子坐镇在橱架上。铜匠店总得有这个东西，也有一种义务，到附近邻居，这一坊一保有火灾，得把这几根铜苗子借出来，扛出去，帮同救火。铜苗子看见过没有？跟个大望远镜似的，构造原理与小孩子玩的水唧子同。这东西的威力当然不如水龙大，但有时小火，专对一个近身方向也甚有用。而且，轻，方便，灵活，火头转到哪里马上就迎得上去。铜匠店不知是不是因为整天丁丁东东吵扰了街坊，故做了这个东西，防其不测，作为补报？城里熟习掌故的不但说得出各坊老龙的性格，且亦能历历说出一家一家铜匠店的水苗子的历史，说得出他们的样子，说得出某次某天他所尽的力，建的功。跟那些龙一样，有些苗子都渐渐有了神性，供放在家里轻易不触动，甚至也烧香叩头，隔一个相当

1 “害”疑为“嗐”。——编者注

时候须“请”出来校验校验。王锁匠家的一根特长苗子，一两次之后即显出不凡。更值得感谢的是他亲自出没火场施救时的勇敢和机敏。对面那一家豆腐店，母女两个，不是他，不是那根苗子，早完了。……从此王锁匠的工作不是，不单是锉，而是打了。一块紫铜板，登登登登，能够打成一把水吊子，简直是不可想象的事！一个铁砧子，铜板放在上头，一锤子，一锤子，一锤子下去，红粉粉的铜上一个光溜溜的紫麻子。登，一锤；登，一锤。不是死命的砍，巧巧的，一着到立刻就反弹了回来，要要停停。手下铜板渐渐转移得每两点之间，距离一定，麻子都是整整齐齐的。转着转着圆了，转着转着窝过来，有意思！打水吊子，打铜盆，打水镟子，酒镟子，打脚炉，打五更鸡，莲子井。水吊子一把一把吊在屋梁上，水镟底朝外倚在架子上，又光又圆。他也做福禄寿喜字，立鹤芝鹿烛台。也磨松鼠葡萄双鲤鱼，赛银帐钩。做的油灯盏。做铜笔帽，做墨盒。我的墨盒，笔帽都是他家买的。笔帽是玉山号笔店买的，但是他家做的，他也还做锁，大大小小，各种各样的锁。还配钥匙，到他那里配钥匙的人多。他生意很好。可是新开的店也并不光鲜，老房子，比一般大铜匠铺子小，说正式也并不大正式，还是一样“小本营生”，只有两个小徒弟，另外就是他自己，店也没有什么陈设，暗暗的，墙上砖块的印子在薄薄一层石灰水后里骨露出来，木头上并未髹漆，碎砖地，招牌是纸写的，正面墙上有一个红福字。廊檐台阶有一两块砖头常常是缺的。我们一次一次从他的廊檐下走，一次一次脚下的路线为这个缺口一绊。一遇到这种缺口我们就想跺他两脚再跺下两块来的，可是王锁匠家的廊檐台阶总是缺那么两块。他那个百灵笼子在头子，鸭嘴铜钩，百灵在台子上珠子似的唱。一只好百灵。王锁匠一大早起来添食换水，铺沙，到东门外学田上溜一转。

门关着。有缝，往里看，黑曲曲的。台阶上还是缺那么两块。好像比平常高，可是狭了，得歪着一点肩膀走。门槛是个两截的。一点声音都没有。一个蜘蛛在上头结网，风吹得网鼓鼓的。

我们城里后来来了好些机器，抽水机，榨油机，碾米机。来了好些“老桂”，不知道为甚么管理机器的工头叫老桂。老桂也管修理机器。王锁匠斜对是一家米店，本来用骡子拉，后来改了，用机器。兴中公司三十二匹马力，很好。本来叫碾坊，改了名字叫了米厂了。老石碾子也在，不用了。起了一间房子，洋灰地。皮带盘，钢轴，车床，老虎钳，电磨石，螺丝洗，钢锯子，……王锁匠有兴趣极了。没有事他就溜到后头去看。老桂跟他混得很熟。老桂一个人，机器买了的时候由公司介绍跟了机器一起来的，没有一个朋友。他那一口话就没有人完全懂。他无聊极了，脾气大，动不动大发，要跟老板辞生意了。王锁匠听呀听的，他的话懂得八九成了。他试着撇着一点腔跟他攀谈，知道他许多事情，懂得他喜欢甚么，讨厌甚么。米厂里人多奇怪，嘻，这个机器人跟小王聊得挺好，不晓得说些甚么，一聊一半天，指手画脚，点头磕脑！畜生也服一个人管，好了，这以后他要是再发脾气要小王跟他讲讲看。一讲，行！没事。于是只要老桂一毛了，赶紧，着人到对过叫小王。百试百验。小王把那些钳子锯子螺丝老虎渐渐的摸熟了。有时他在架子上拧，转，推，捺，老桂刁根烟卷笑眯眯的在一边看，“呱呱叫！呱呱叫！”店里哪一个人都学得像他那个“呱呱叫”。有时，机器出了毛病，老桂修，小王也挨肩跟他蹲着弄得两手黑油，一鼻子灰。机器开着，他也能拿个油壶添添油，抓一把纱衣这里那里擦擦。甚至他也在耳朵上夹一根铅笔，能够用半尺画简单的图。他有些东西借老桂的家伙做。老桂有些零件还得请他照样子配。托老桂他还订了几件简单工具，在店堂里装了起来。有一天老桂跟老板说想请假。老板慌了，赶紧叫小王来，没有甚么事情他不高兴，这一阵子他样样都满意，不是胖了吗？他说他谢谢老板，他说店里上上下下他也知道，都是好人。不过他要请假，人家家里有事情。甚么事情？——人家有个太太呀，来你们这儿两年多了，太太一个人睡！他说，回去看看，两个礼拜，就来。决不误你的事，说哪一天来就哪一天来。他的脾气，你们还不都知道？板板六十四，说一句是一句，准保，不会错。“那怎么行，怎么行！机器谁管，机器谁管！这玩意又不是骡子，不通人情，他要是发起蹶子来你又不能打他。不行，不行！”“老王呱呱叫，老王可以管，老王跟我一样的一样的。”试验了一两天，老桂只看，不动手，老王果然弄得妥妥当当。好了，老王管！王锁匠管了两个礼拜，——果然老桂说一是一，一点没有出事。从此，老桂请假的回数就多起来，老板越来越答应得容易。他太太给他一年生一个孩子。

王锁匠实际上把他那爿铜匠店已经变成一个小工场。陆陆续续老桂帮他买。他自已也四处去踅摸，日增月累的，简直很像个样子了。他也装了一个小柴油马达，一根钢轴，小皮带，咕噜咕噜，八答八答见天的转。城里城外的老桂常上他那里坐，简直成了他们聚会的中心。他们有生意也多照顾他，要配个甚么零件，他的许多老法子老工具倒还补这个城里机械实件不足。有的地方机器发生故障也来叫他去修。他忙得很，好精神。也有不少人不叫他王锁匠，叫他“老桂”了，“王老桂”。这是一个为很多人谈论的人物了，识与不识，都羡慕他。他那两个铜苗子还放在那里，放在老地方。大大的出了名则是在那一次。保卫团的一个连长的二膛盒子不知哪里坏了，不知怎么有一次在他店里喝茶谈起来，说可惜极了，这根枪还是徐大文的。——徐大文是这一带著匪，作案之多，枪法之准，子孙徒弟之广遍，在他死后近十年还常有人谈起。王锁匠好奇，说，看怎么样？他也不知道怎么给他拆开来，七锉八锉配好了！那个连长兴喜若狂，无以为谢，当场在他店前放了三枪！且让王锁匠也放三枪玩玩。这六枪！

王锁匠有一阵忽然不见了几天，后来又回来了还是一样，一样作他的事情。问他，说是乡下请他去修抽水帮浦的。后来隔这么三两个月就要出一次门。据说，哪里是下乡修水帮浦去了！乡下有水帮浦的不过是那么几处，也不能挨着个儿啊。坏，也不能尽来找他啊。正正经经的宅老桂有的是，要你……你个半路出家，似通不通的冒牌老桂！他啊是叫土匪摇去的，给他们修枪去了！听说他还会造。既能修，就能制！还会造砲，迫击砲！有那广大本领么？人倒是真鬼巧。嗐，用到歪路上去了？人不能聪明，聪明人就不安份，再不，难保他不会造反。这种人，甚么事情做不出来？天地君亲师，仁义理智信，一样都没有。既有今日，何必当初。当初挑个小铜匠担子，恍仓恍仓，也就不会有些[1]朝了。人啊……真是：愚而安愚。既与土匪有来往，他就是匪，你

1 “些”疑为“此”。——编者注

能说他没有作过案？财迷心窍，心都横过来了，跟个挑子似的，放在桌上，嘴子朝着一边。——说起来，这几个匪也不义气，不值价，怎么就把他攀出来呢？既做了这事，怎么也不避一避？几个保卫团弟兄，走了去一搭就搭住了。没有话说，五花大绑，扎起来就走。

有的人又说，这件事内里有一桩风流案子，豆腐店那个女儿，进门寡，嫁过去没有几天，丈夫死了，在家里，哼，好不了。小王跟她有一手，米店老板也跟她有一腿子，一个钱，一个人。这就……

他那个百灵挂在保卫团团部里，只听见叫，看不见。

卦　摊
——阙下杂记之一

初到北平，哪儿都不认识——充满了新鲜。从东安市场到沙滩不是最普普通通的一条路么？住在沙滩的人都熟，我后来也都熟透了。可是刚到的那一天，他们带我上市场吃晚饭，晚上回来，那天没有灯，黑黑的，我觉得这条路上充满了东西，全都感动我，我有点恍恍惚惚，我心里不停的有一个声音：我到了一个地方，我到了一个地方。我一点不认识，而且我根本没有要去认识路，他们告诉我：“哎，拐弯。”“哎，哎，曾祺。”……全都殷勤极了，我像一个空船，一点担负都没有。……我们上公园去。从沙滩坐三轮。我在

*初刊于一九四八年十一月一日、八日天津《益世报》，文末标注“未完，待续”，后因其《文学周刊》终刊此文未再续；初收于人民文学版《汪曾祺全集》第一卷。

三轮车上不觉路之远近，我放开眼睛看，觉得这条路很好。车子一转，“这条路好！”从街市转入冷巷，像从第一页到了第二页，前面的多方的印象流入统一的，细致的叙述。车在城墙下平路上走，城墙，河水，树，柏树，胶皮轮子丝丝的响，天气好，爽快，经过一个地方，又是城墙，河水，柏树，稍为杂乱一点，一点人工，一点俗，——到了。很难找到甚么话说出我对公园的初次印象。很像一个公园。——这就是说很难产生一个印象，一个比较具体的，完整的，肯定，毫不犹豫，不由理智整理过的印象。公园总有点乱，一点俗，一点人为的痕迹。回来，我倒是记得那条路。城下的路。我记得那条路上有好些测字摊子。那条路我说不出来，我说“那条路上有好些测字摊子”，就代表了我对路的感情了，我觉得很表达出来了，听着，看到我说话的样子，他们也都懂了。这条路是一个喜悦。

那条路是东华门至西华门，太庙后河沿至公园后门的路，紫禁城下的路，当中所经过的那“一个地方”是午门的前面，阙左门与阙右门之间，即我现在所在的地方。我对于这个地方，这条路可以说是很熟的了。我现要说那些测字摊，卦摊。——这种摊子我一直都称之为测字摊，这也许是我的家乡土话，或者是因为我们那里这种摊子乃是以测字为主，虽其所业类皆不以测字为限，且或有根本就不给人测字者，我们则一律名之为“测字摊子”了。按测字当作拆字，拆析字画，加以添减，附会阴阳时日之数为说，为人剖置疑信灾祥之术也，但小时看测字先生放置字卷的铜制或木制小斗的正面所写的正是“测字”这两个字，遂深深的记下了。“测”自较“拆”字更深一筹。“测”者猜测之谓，许多事情本就是猜测猜测而已，哪里就当得真呢，拆字若是直白，测字似更宛转，各有所长，难可抑扬之也。我唯在昆明翠湖公园昆华图书馆前的石凳上看到过一个，那真是“拆（！）字”的。一个老头子，一个普普通通的老头子，他坐在石凳上你以为他就是坐在那里而已，是个坐在那里休息休息的人，不以为他是干甚么的。他没有布匾桌帷，没有桌子，没有八卦太极之类东西，没有一点神秘的，巫术的，没有神秘与巫术被否定了之后的漂泊的存在的嘲笑空气，使人相信的热心已经失去，但不得不对自己的热心作无望的乞怜的难堪的无力的挣扎，没有那种露出了难看的裸体，希望人家不必细看的悲哀的声音，没有“混碗饭吃吃”的最卑下的生活态度，没有“江湖气”，他有一个墨盒一枝笔，你甚至连一个墨盒一枝笔都不觉得他有，一点都不惹你注意。

他的唯一的特点是：质朴。质朴是他的一切。我们不知道怎么知道他是个测字的，事实上我至今仍找不出甚么理由能够断定他是，除非是我们看见过他拆过。我们很少看见过。我们都看见过，但是都很少，仿佛每个人都有机会看到一次，不同的一次，那简直是滑稽！他根本不“会”，不像，不是那么一回事。如果有最不适于作这样的事的，那是他。我们任何一个人都可以比他作得更好的。简单到不能再简单，写一个字，三五句话就完了，来拆字的还不走，等着，看看他：完了吗？——完了！看他样子，不想再说一句话，也没有一句话说了。他也没有觉察到他的顾主还没有满足，还在等。像从一个瓶子里倒出一粒豆子，没有了。给下钱，不走还干甚么呢？走，这位先生心里实在莫名其妙。测字算卦也者，本来就是把你心里的话给你说出来，把你的路理一理，给你的纷纭一个暂时的秩序，把某些话颜色加深，加深而且联系起来，让原有的趋势成为一个趋势，淤滞的流得更畅，刷带两岸泥沙，成为欢乐的奔赴，叫你听见你的声音，你的颤摇的，吃吃的，钟情的语言，你的泪和你的笑，让你甜蜜的作一次梦。是的，作一次梦，让你得到安慰于是有勇气。温暖的，抒情的职业，体贴，想象，动人的语言，诗人啊，不是甚么“哲学家”！可是他是质朴的，他一点没有说“到”他的心里去；他没有得着他想要的：感动。他走在林荫路上，他的脸对着风景，他觉得渴，他为一种东西燃烧起来了，他的虚有所待的肉体满是欠缺，一窝嗷嗷的黄口。他质朴的穿着青布衣服，质朴的坐着，毫无所“动”。从从事职业到从职业里退出来没有分别，没有界线，没有过程。说话的多少有甚么关系呢，他没有说话，没有话，除了一句：他是永久的质朴。他坐在那儿，不想。他不是空洞的，他有他的存在，一个本然的，先于思想的存在，一个没有语言的形象。我们觉得很奇怪，我们奇怪他怎么会是一个拆字的。这是不可能的，正如我不可能“是”你。他之能够继续在那里，是因为他已经在那里很多年了。（这也不是个拆字的地方。）我们常常有一阵，天天，看见他，从石桥上下来，他一定“在”。有一天不在，比如下了大雨之后，我们一定会觉得他的不在的。——可是北平不叫拆字摊子也不叫测字摊子，北平叫“卦摊”，“卦——摊儿”，我听白书痴先生说，“我们这个卦摊（儿）！……”好的，“卦摊（儿）！”我们照他念。

翠湖的雨后。那些树，树在路上的影子，水的光。东边那条堤，郁塞的，披纷的水草，过饱的欲望，忧愁。有时一只白鹭把一切照亮了。昆华图书馆后面盈盈的水上的一所空空的，轩敞的，四边是窗户的，将要欹圮的楼……

昆明的卦摊都是在晚上出来。是的，“出来”了。这是两个再好没有的字。白天都没有的。白天有的是另一种。白天的多半是外来的。所谓外来是因为抗战而从本来与云南没有密切关系的外省地方而来的术士。这些术士本来大多在南京上海汉口长沙等大都市为往来客商，达官贵人，姨太太，军官看相算命的。——否则来不了，也不来昆明。多半可以住在旅馆里，在街上贴了贴子，某日起在某大旅舍候教，旅馆外面挂一长方镜框，白纸黑字，浓墨大书甚么居士，甚么甚么子，字体多为颜柳，用笔必重。虽有于名号上冠以“峨眉”字者，实以江南与湖北人为多。阔的很阔，且势所必然，与政治（！）与走私运鸦片等类事有关系，盖已是一“要人”，不可复以命相家目之也。可是也有潦倒下来，只能借半开半闭的店肆檐下一角地摆一个卦摊子的。护国路护国门内有一个“奇门遁甲”。我们都对这个“奇门遁甲”有颇深的印象。一者，云南没有奇门遁甲，那么复杂的家具好些本地人或许还没有见过。一个大木盘，堆着简直有两三百小茶杯口大的象棋子样的刻着各样的字的木饼子，劈劈帕帕搬来搬去，实在是很了不得的样子。我们认得他，不知道他叫甚么名字，名之为“奇门遁甲”。再者，我们所以为他吸引，主要是因为他的感情，因为他的综杂的客意。他不得意，他有屈辱之感，他的艰难的衣食反激他本来有的优越之感时时高张。初到云南的外省人都有一种固执的优越感对着他同等级的本省人。工人对工人，学生对学生，算卦的对算卦的以及与算卦有关甚至无关的人。他的屈辱与优越不停的解结造成他的冷淡。这在他的白白的瘦脸上表现得很清楚，在他的瘦白的脸上发一点黄，在他的眼珠里发紫，在他的削薄的悲苦的上唇上生几根根淡淡的胡子。他终日笼着手，淡淡的对着长街。他不跟人说话，因为他的下江口音和他的扁扁的干燥的嗓子。有时有一个生意，他劈劈帕帕搬动木饼子，他有点急切，一点兴奋，他的指头又瘦又长，神经质的伸出去，翘起来。没有人，有时，他也忽然热心的，念念有词，目光灼烁的搬动一阵，于是又是冷冷的了。也许因为他的了不得的，教人猜不透，不知道是怎么回事，因而总觉得它一定有道理的那套家具；更可能就因为他那种神情，那种失败的，怨懑的，冷冷淡淡，呼求然而又蔑视的不平衡的，戏剧的情绪的泄露，最有力的或者是蔑视，人会向蔑视走过去的，他的生意一天一天的好，后来简直非常的好起来了。他使这条街改了样子。他阔了。对面一家湖南馆子常给他送一碗面作点心。他本来虽然一直是整洁，（整洁是他的标帜，他的骄傲）可是不可掩饰的寒微的灰布长衫换成了好质料的夹袍、棉袍，……是二手货，从拍卖行里买来的，都有点旧，然而是化了细心挑来的，料子好，除了一两处（可惜的一两处）不完全合身之外，全都妥帖，他很在意衣服，包含爱美的与功利的目的。是旧货，但是别忙，他就要新起来，卖旧的，买新的，他会穿得到哪里都走得出去的，到他那些要到的地方！于是他说话了，他跟街坊邻舍男男女女搭讪了，他笑了，他脸上好看多了，他发了一点胖，虽然指头仍是瘦长瘦长的。我不再看他，我对他已经完全失去兴趣。……他年纪不大，三十多岁，至多不过四十，头发留得很长，总是梳得很整齐，有点女人气，像个唱旦角的票友。

树挪死，人挪活，抗战八年，多少人到内地活了一遭过来了。现在我们要说那些本土旧有的，那些老卦摊子。像一切乡土的东西一样，时间对他们没有多大的影响，从我们来，到我们走，他们简直没有变动，第一次看见跟最后一次看见没有甚么两样，完全是那“一个”，八年在他身上不过是两天，没有意义的两天。甚么都已经定了，就像茶杯已经是茶杯，除非唯一的变，是死，——没有了。世间没有永恒，永恒常近于虚设。这种土卦摊有的规模较大，设肆挂牌，栽花养猫，是卦铺不是卦摊了。我们说卦摊。我们晚上出来蹓街，在大光明影戏牌前头，青年会外面，崇仁街新亚酒店的不像是酒店，像仓库，像从小山脚下旷野之中移来的朴拙的石砌建筑的外面，在繁华的夜市的旁边，在铁匠铺，麻绳水桶铺，卖宝石顶子珊瑚朝珠，老光水晶眼镜的小古董铺子的檐前人行道上；在光华街云瑞公园对面，我们就看见这些卦摊了。——是的，有卦铺，卦铺多有玻璃槅扇，玻璃擦得很亮，充满太阳，白粉墙，各种照片，菊花。……卦铺属于白天，卦摊属于夜。白天也有卦摊，但至若存若亡，无足轻重，没有颜色，没有生命，犹如道旁一张废纸。晚上来了，星星在都市的长街上空亮起来，天上有一点淡淡的，不动的，发光的云，底下，——人；慢慢的洄转着，发出水的声音，泡沫的声音，绸缪而轻软，酝酿着一种不可知的，微带喜剧气味的朦胧的意义，卦摊一个一个点起了它们的灯。于是，这才醒了，“充满”了，是的，“出来”了。六七点钟以后，云瑞公园前头描写一个失去的时代，一章温柔的，无力的，晚期的历史，一个梦。云瑞公园对面是甬道街，路的交口形成半月形，留出一块不小的场子。当中一圈冬青围着一个水池，最初也许是伞一样的喷着水的，现在则总是不断的汩汩的涌出不到半尺高。晚上喷泉只汩汩的响，跟场子后面许多地方都被灯光遮没了，看不见了。一个梦，梦一样的灯。水池前面，路边，摆满了一长列摊子，卖烟，卖蜜饯，卖米花，铁豆，葵瓜子，卖麦粑粑，卖糖，卖羊血豆花米线，卖猫菜（牛马碎肉切之为末），卖炸鱼，卖甘蔗，梨，橘，或柿子，柿饼子，卖馄饨，卖烧饵块，……或为男，或为女，或为满面辛劳的线[1]，或为稚嫩柔软的脸，衣着姿势，各有不同，吆喝着，敲击着锅瓢或特有的响器，嘈嘈切切，热闹非常，然而又合成一种无比的静意。声音并不堆积起来，一面升起，一面失去，所以总维持一定的密度，如鱼在水，各不相及。他们大都点着灯，有不带灯的则

1 “线”疑为“脸”。——编者注

把货物摆在别人有余的光底下。一盏一盏的灯。电石灯，丝丝的响，——管子别塞住了。一打开就不得了，甚么样的气味呀！没有一个闻不到；锡座子高罩的煤油灯，桅灯——或曰马灯，诸葛灯，鸦片烟灯。——烟灯拿来拿去以作各种用处，此地独多。我住在民强巷每天在外面游荡到很晚回去，每天为我开门的驼背老头子手上拿的正是这种灯。他拿着这个灯就跟拿着一个象征似的。这些灯都有足够的亮，而且彼此融合起来，造成一段连绵的辉映，不停的有一点摇移。有时一阵风，麦浪似的往一边一涌，每个灯焰都拉长了一点，然后又回来，恢复不变的多情的看望。然而这一段光永远既不能高，也不能远，为天，为影子，为更强的光封锁在地面上，每天一度，到十二点，逐渐阑珊失去。在这片灯的沟蒿中，在微黄，雪白，昏瞀，皓洁的流汇之中历历的点出一朵一朵红光来的是卦摊的纸灯。木制为架，作长方形，高可一尺，四边糊以梅红纸，纸上写字，不外文王神课之类，注明卦金若干，或兼带写家信，里面点的是甚么呢，看不出来，但可以知道一定有的是烟灯，亮是不怎么亮的，但也一样的是“足够”了。十分鲜明的，热心的，有精神的，安定甚至快乐的照满了方寸之地。灯的后面，测字先生低着头在工作，他兴致很好，脑筋灵活，身体不疲倦，心地平和，不为甚么焦虑煎急，不为绝望所苦，他简直是幸福的。一切像梦，他唯在梦里真实，唯在梦里是“醒”的。——喔，我的老天爷，他的长衫里没有衬褂，他的裤子没有屁股，他的脚直接的接触着大地，他既没有穿袜子也没有穿鞋呀！一切在充满感情的红灯下面，在桌帷底下。风摇动着灯，摇动着桌帷。

这些卦摊是本土旧有的，但他们几乎全数是四川人。云南在某个意义上是四川的殖民地。有好些行业完全是川人包办，如在茶馆里“送看手相不要钱”的，蹲踞在凳子上放鞭似的拍着醒木，也放鞭似的用高亢尖锐的声音说书的，卖“白糖糕，太平糕”，卖粉蒸牛肉，牛肉面，担担面的，……他们构成了一部分“四川”，也成了“云南”的一部分，他们从一个土地生长，而是另一个土地的颜色。像一切侨居多年的人，他们早已把“家”“搬”到这里来了。他们没有那种客意。——啊，他们的客意是多少年前的，这种客意已经混入他的人格，不会退落，于是也不浮现，他们的固定是他们的漂泊。他们漂泊，且使土地漂泊。——四川人是很容易看出来的，个子大都矮一点，腮没有云南一般人宽厚，嘴比较尖，脑门子稍稍高出，比较精利，比较倔强；而摆卦摊的四川人眼睛常常比较黑一点，因为他们的眼窝子深，因为他们瘦。

……不得不说这一个。这个“云大的老头子”。——语言的价值在它的共通性，同样有价值的是它的区别性。有些话在某些人之间通行，对另一些人则完全没有意义。这些特别的，而在那一些人是极其普通的说法是他们的一个连锁。他们在跟别人说不通的时候，于是，想起从前，想起他们的共通的生活来了。是的，有些说法是独创的，有意的，比如绰号，暗语，简称，……多少经过一种努力，为了一种目的，多少是一种契约的行为。这是一种标榜，是倒因为果，不因说法而产生连锁，倒是为了企图缔结连锁而“采取”某些说法的；当日或可予那个“团体”一种快感，但比起那些未经意识，自然而然，不知不觉中产生的在日后所引起的惆怅，实在轻浮多了，楚人以虎为“於菟”，非知於菟者虎也，而别为之说；於菟是於菟，虎是虎，楚人是楚人也。于是乎楚之人出于楚之国，其怀乡之情是无可假借的是真的。我说这个“云大的老头子”你们怎么会懂得呢？云大是云南大学。但这个“云南大学”并非是一个教育机构，或一堆建筑，或其他甚么。我们从文林街下来，过玉龙堆，于是是“云大”了。我们的身体降下来，走斜坡，履平地，下雨时水流的声音，避让汽车的姿态，逶迤的墙，夜行的星，我们的饥饿和口袋有钱时的平安感，……这都是“云大”。云大向南，翠湖东路，一棵大尤加利树沙沙的响。有时我们焦急的在云大门口等公共汽车，我们一个约会也许会误了时刻了，好些晚上我们在云大学唱昆曲，我们从柏树下面走过，借着一点远处来的灯光。我们在冬天的时候，去看花，看看那些麻叶绣球，我们认定的迎春花第二年开了。一个很好的女孩子，他们叫她“无所谓”，被人砍了一刀，因为衰弱，TB[1] 菌猖獗起来，死了。……我们用一种不愿意提起的，痛苦的心情，不得不想起闻一多先生。……但是我不想在现在哭。

“云大”是我们的生活，要把它下一个定义正如同一个盆子里把漆抓出来一样的不可能。——云大门口，左边，有一个小茶馆，我们叫它“老板娘”，因为管理业务的是一个女人，一个白胖白胖的像一个煮熟的果子一样的，虽然已经超过了年龄，然而极其富于母性的女人。——母性过多有时叫人难过，好像已经很饱了去吃一种黏黏的甜食一样。她的儿子，在茶馆的一角开一个雕字铺，用一种奇怪的兴趣，奇怪的笑容从事工作，用浓墨在虎皮宣上描了好些各种隶字体屏条，贴得一墙都是，……我们在这里用高高的，印着福禄寿喜图的粉白粉白的瓷杯子喝过好些时候茶。但是对我们的年龄，对我们的浪子凄怆的心与对于凄怆的热爱不相容，我们在对面，右边，那个很知道甚么是生活，从来没有对任何事物，任何语言表示过兴趣的老头子开设的茶馆里喝茶的时候更多。一个老的，最富地方色彩的，下等的茶馆。墙上一

1　TB 是结核杆菌的英文缩写。——编者注

边贴一张红纸告白，我们每次都要这边看看，那边看看的，一边吃着南瓜子，葵瓜子。记不全了：

“走进来……

一坐下桃园结义，

……

要账时三请孔明。”

“……

……

任你说得莲花现，

不赊不赊硬不赊！”

好的，不赊！我们没有想到要他赊过。我们中意他的“无情”，他的无牵挂，中意他不给我们一点负担。如果这个茶馆失火烧掉了，我们的惋惜也不致成为是痛苦的，不致使我们“哀毁”。我们记得的是我们自己而已。我们“信步”而来喝茶，有时很早很早，有时时间很长，迟到晚间十一二点，一点，到我们不得不回去的时候。我们用空洞又恳切的，懒散之中溶有不安的眼睛看看这，看看那。看我们知道的，认得的，很熟很熟的人一个一个走过来或走过去。有时沈 × × 先生挟了一大堆书呼拉呼拉的往青云街走，李 × × 先生高高的从对面丁字坡下来了；如果他是赶去吃饭，匆匆的一点头；如果不是，点头用另外一个微微不同的方式，而蟹螯似的举起两只手，来了。……就在这里，我们看见那个老头子。不是看见，是“在他的里面”，就像在一棵树底下一样。

他本来在云大，在云大当女生宿舍的门房。——他当另有个名字，或许有人不叫他门房，叫另外的叫法。但也许所有的人都叫他“门房”，人以他为一个门房而已，老门房了。他不知在云大当了多少年的女生宿舍的门房了。可是云大的女生都怕他。他对她们都很不客气。很严厉。他说：“我是熊校长派我来管她们的！”于是他就管她们，小姐们对他一点办法都没有，他根本不懂得现实。我们对一个猴子，对一只公鸡，对耗子，对金鱼，我们有一些尽管是错误的了解，但是照着这点了解我们可以用一种方法让它怎么怎么，我们可以训练它，有一个结果。我们不必懂得它的性，但可以处理它，或加给它一个性。可是一个人，在没有把他说通之前你绝不可能使他有所改变。说不通！你可以想得到的，比如有一位先生来找一位小姐来了，他觉得这是不应当的事，于是……他按照他自己的办法处理这些事，把自己参加到里头去，不但态度离奇，且因此误了许多事，造成许多麻烦纠纷，添出许多不必要的痛苦折磨。他没有甚么过错，但是他这么忠实于自己可是不行的。这个人在意识上多少是一个疯子，于是他只有离开了。这种疯狂我们是可以了解的，他要不是当了这么多年女生宿舍的门房也许不致如此。这个人的身体里有些东西塞住了，是的，不通了，扭结起来，拧了。我们的身体里有一个深埋的，不可测的危险，每个人有一个危险的老年。——这是可怕的，这种惧怕属于一种原始情绪。也许他的离开云大不是为了这个，也许他根本不是甚么“门房”，与云大一点关系也没有，不过我听到的故事是如此，而且我相信。

于是他就出来摆了一个摊子。我们叫他“云大的老头子”。他需要一个名字，于是有了一个。我们自然而然的，不约而同的这么称呼他，在提起他的时候。不用一点说明，毫无困难的就在我们之间通行起来了。这是他的唯一的，当然的名字，我们共有的印象的名字。我们从来没有想到这里头有甚么意义，于是他保全了所有的意义。

他最初在茶馆的檐下摆了个摊子，卖书。我们很难想象得到这两个老头子，这个云大的老头子和茶馆的老头子怎么商谈这件事，商谈关于他把摊子摆在他门前这件事的。也许没有谈过，他想到这里好摆，就摆了。第一天摆下来，他也许想：你怎么摆到我这里来了呢？一个人嘀嘀咕咕，嘀嘀咕咕着就出了声音：你个老狗 × 的，你那点不好摆，你要摆来我这点！他想象自己跟他吵起来了，声音很大，还想象他们扭打起来，旁边围了好些人，狗在叫，巡警穿了黑衣服赶来了。他做了个梦……他笑了，他发现他其实已经同意他了，他没有想把他从自己的身边逐开。老人都很爱自己，于是爱其余的老人。这是真的老吾老以及人之老。可是两老人的关系是很微妙，是超于语言的，他们从不交谈，他们都不爱说话。他们从不孩子似的坐在一排。永远一个屋里，一个门外。两个都曾经是固执的生命！他们一定认识了多年，是“发孩”了。他们小的时候，大了的时候一定同吃过酒，在月夜下同过路，他们相骂，相轻蔑过，他们有过恩也有过仇，都曾是火喇喇的，而在一切全都硬化，全都枯槁的时候，他们在一个屋顶之下来消耗他们的余生。一个说：这是我的，而满意了；一个说：是你的，我不进去！这所房子不正跟他们相合适么？一座老房子。椽子都黑了，木料要是劈开来颜色一直到里头都是烟黄烟黄的，这些墙，这些石头，一一全是时间的痕迹。这里的声音，这里的光线都似乎经过揉和，经过过滤了。这里的地土（云南普通房屋多不铺砖）已经踏实了，下雨天不易起泥；板凳的角都圆溜溜的，碰着了也不痛。东西随着人一起老下来了。——常来喝茶的多是那几个老客人，在一定的时候聚散。……这两个老头子有极相似的地方。有时外边一个席地坐在草垫子上，里边的曲脚坐在炉边，他们所表现的实在是同一个意象，不是一个合影，是一个影子里走出来的。随便找一个地方，比方他们的嘴，一样是那么柔软，那么休息着——那么天真，不带情感的痕迹，细细的看一半天，实在是很有意思的事。有时，茶馆的老头子提茶倒水，张罗生意，有时他把一张桌子翻过来，有点摇晃了，用一把斧子，钉钉敲敲，塞进一片楔子，有时他吃东西，嚅嚅的嚼动，……而云大的老头子则总是坐着，晒着太阳。太阳仿佛一直透到他的身体里，溶解于他的血，带一点极细极细的沙，缓缓的流过他的全身，周而复始；时间在进行。

隔壁烟纸店墙壁上钉一只大凤蝶，乌黑乌黑的一身，尾部碧绿碧绿两块翠斑，一点极细绿点子，光色炎炎，如在燃烧，如在轻轻抖颤，而又非常的，非常的安静。我哭了。我很少有这样的剧烈的经验，这样为美所感动过，我觉得冷，我一身缩得紧紧的，不晓得从甚么地方涌出一股痛楚的眼泪。我一生从未见过这么美的蝴蝶。一个奇迹！生命的奇迹！掌柜的说出在广南，他女婿从广南带回来的。

啊不，这两个老头子自有不同的地方。茶馆掌柜有他的茶馆，茶馆有客人。有广黄烟，有羊血豆花米线。有买，有卖。有挑水的来挑水，泥水匠抹炉子，虽然难得，偶尔也换一两把锡壶，有城防捐，营业执照，有晚上的数钱，月终的结帐，有摇会，有作保，有断续零落的老花灯调，有飘忽绰约的新闻，有过节空气，有纪念日警察就来叫挂上的国旗，有亲戚的生死，甚至有一两天他居然不在茶馆里！茶馆或者关了起来，或者由别人代管。老头子哪里去了？——做客去了！……总之，他有操作，有经营，有生活，有人事。在生活，在人事中他变得柔软了，温和了，他有时颇是陶然自得的样子了。他有个儿子！整天甚么事情不管，平常不大在家，在家则多坐在里面堂屋里，三朋四友，脚搁在板凳上，泡几碗茶，吸着烟筒，大声的说笑，装扮神色，一如帮会中人。有时在里面喝酒，则声音格外高大，把小屋的空气都震动起来，叫每个喝茶的人都觉得不安。最近结了婚。茶馆热闹了一天，扎了彩，两个鼓手吹着唢呐。可是外面茶座上还照样卖茶，喝茶的少了一点，喝茶的多做了客人了。于是多了个年青女人，穿了绿缎子鞋子，一只眼睛通红的，时常格格的笑，摇摆着新烫的头发，一头油，不停的走进走出，扭着腰，不停的吃东西，花生，铁豆，葵瓜子……可是，以为老头子要不高兴的，不，高兴着呢！这种年青的，妖荡的空气给老头子一种兴奋，他不那么霉霉懂懂的了，他活泼起来了。而云大的老头子不久就搬了家。

为甚么来了，为甚么又走了？怎么走的？怎么完成这一个决定的？怎么发了誓，怎么拿起刀来，不可救药的那么一割？是偶然么？像我们做许多事一样，无所谓，说不出甚么理由，高兴怎么样，便怎么样了？可是宁可是荒谬吧，我知道他跟我们不同。他可以被歪曲，不可以被抹杀。我们既不能像他那样一直枯坐在那一个地方，我们就不当把这件事说得那么轻易。是这个羽翼已成的储君说了甚么话，用他的眼角，他的鞋尖，他吐的痰，泼的水对他示了意？不会。一个缝穷的老女人，一个卖山林果的孩子也许早被威严的手势赶开了，可是没有人可以赶他。他是强大的，坚持的，不可侵犯的。与其说他被排斥了不如说他排斥了这个地方，排斥了这个空间。

后来我们才对他的摊子有比较真切的认识，不是书摊而是卦摊。他的摊子也卖书，也卖卦。但起初实在很不“正式”，大概有一个样子，一个雏形而已。几本本书，疏疏的排成两列。书也很不像是一个书，都非常破旧了，不单是纸色黄暗，失去浆性，脆了硬了，卷了边，缺了角，短了书皮，失去遮护；不单是外貌，它们已经失去那种可以称之为书的本质。里面的语言已经死了，哑了，干涸了，而且也完全失去交易价值。既不是可读的，不是读物，也不可以买卖，不是商品，是我们不知道把它丢到这个世界的哪一个地方是好的“废物”、一些陈旧的形式而已。是的，形式，这是他所需要的。这个摊子就是一种形式，他的形式。他的目的不在买卖，他只须要摆那么几本书在身边，他可以靠它下来。——也不知道从哪里捡来的这么几本破纸！不是职业，是玩具。他另外一种玩具是一枝笔。——偶尔居然有人为了对于这个“形式”的兴趣，对于向“他”买，买他这个形式的一部份的兴趣而来，试一问价钱，——大得惊人！我还从未看他开过张。而且讲价都很少，多半只站着看一看而已。看一看的也很少。他整天没有事，木然的坐着而已。除了木然的坐着，他有时伏在地上写字。用纸，用拆开的香烟盒子，用薄薄的小版，因材就用，各取所宜，长短大小不一，都把它写得满满的。字体很怪，虽然是一个一个的字，而且是很认真的写，但送带之间，不依常法，扭来扭去，有如蛇行，实近乎是一种符箓。字与字连缀起来，既无语气，也无文法，牵牵挂挂，不可了解。然而似乎自有一种意义，不可了解，超乎了解的意义。——他后来搬到云大墙外，公共汽车站的后面一块空地上去了。日积月累，惨淡经营，渐渐的很有规模了，很是那么一回事，很不可忽略，很“丰富”了。书多了，占了不小一块地方。还是写字，每本书皮上都题了极大的字，题字的纸板木片已经积了好些好些，而且都用硃笔密密圈点起来，依照一种奇怪排列，有的插在地上，有的拉了好些绳子挂起来。从前本有的一个小木盒子也供得高高的了。从前不知道这是干甚么用的，现在则很明显了，这里头有一个神或一个魔。听说他会算卦。

日本飞机把钱局街的一段炸成一片瓦砾，渐渐成了一块荒地，黄土堆得高高的，长了好些草。于是有耍猴子的来敲锣，玩傀儡戏的吹哨子，春天搭台唱了几天花灯，平常则经常有一个“套圈子”的摊子，有一两个人耐心的拿一把竹圈子一个一个的往地上排列着的瓷碗，泥娃娃，香烟，水果糖上投掷。才不到半年的事，简直都认不出来了，认不出当初有房屋时是甚么样了，倒塌时是甚么样子的了。有一棵小石榴树，居然开花，一个孤立的门框附了几块砖头居然还在，不知道为甚么没有推倒。而门里的一块地非常的平整，平整得令人哀伤。甚么时候老头子看上了这块地，于是把他的摊子，他的道场，他的坛，他的庙，搬了过来。他的龛子供得更高，字写得更多，布置得更繁复，而且插了一些小红旗子，他完全围在一种神秘的，妖黑的，——而凄厉悲惨的空气之中了。他完全疯了，他可以走到水里去火里去。大家知道有这么一个老头子，在那儿给人算卦。他用一种甚么方式给人家算卦呢？——喔，没有关系，他甚么都不用，凭他自己，这就够了。是的，这也还是一种玩具。可是我们还是玩点别的罢，这实在玩不起。——他大概会在那里住定下来，一直到死。

与汪曾祺先生最后的对话

我跟汪老不止一次提到关于发表他书信的事情。汪老的眼睛瞪得大大的，说："我现在不写信，写了的也是在人家那里，怎么给你！"又说："我试着找找看吧。你要小说散文我倒是有。"

汪老突然离去，这件事情也就这么算了。

前不久，我见到了汪老。

是黄昏的时分，夕阳斜照到汪老的书桌上。他端坐在桌前的旧式藤圈椅里，双手自然下垂，凝望窗外，全身不动，眼睛也不动，如同蜡像，可是他在呼吸，是活着的。我奇怪他的房间。怎么全都变了样子：雕梁画栋，陈旧不堪，完全像是在用黑白电影记录的古装戏里。他的家是一栋颐和园东北角戏楼样的古建筑（沈从文先生新中国成立前夕在那片园子里住过)，孤零零地夹在两排北京民居的灰色平房中间，很显眼。他的书房置于二楼，楼顶覆盖着明黄的琉璃瓦。我悬浮在空气里，从窗外看见了他。我非常想知道他定神在观望什么。窗子也是镂花的楞木，早已褪色。

我终于站到他的身旁，他不说话。顺着他的视线看出去，是一大片望不到头的荒凉田地，上面东一堆西一堆的全是即将上市的冬储大白菜和土豆。不过我看见的土豆是西藏人爱吃的小土豆，比鸡蛋还要小一半，曾经在藏的时候我常常吃，蘸点细盐和辣椒面儿，就着酥油茶。

汪老还是不说话。然后，他拉着我的手，带我参观他的房子，没有间数，一长溜通着。房间的中央有一块地方，用四面巨大的厚玻璃围住，类似动物园的大鱼缸。他让我看里头，什么都没有，空的，除去几件刀枪剑戟同行头，别无他物。

汪老的声音很轻，说：“戏班子走了……”

又梦了一些，醒过来，在这个早上我心里非常难受。

想起有一次，汪老说到六七十年代，很寂寞，自己写想写的东西，可是写了不能发表，于是与朋友通信，在信里写，或者写好了，带上，从城市的一头到另一头拿给朋友看。他说：“我一直在写，没停过。”

交代一次与汪老的对话（一九九六年五月二十九日晚九点左右。汪老的书房。他穿一身如同住院病号服的旧睡衣）——

我：世界名著您是不是都看了？

汪：几乎不怎么看。

我：巴尔扎克的呢？

汪：我不喜欢，他总是站在读者之上，有些欺负读者的感觉。

我：雨果呢？

汪：也不喜欢，都是站在读者之上，为写小说而小说，太小说了。

我：作为一个作家不一定要读很多小说作品，要读杂书是吧？

汪：是，不一定要读很多，主要在感觉。

我：那么伟大的托尔斯泰呢？

汪：也不喜欢，我曾经去张家口学习班时，把《战争与和平》带去，想用心看，可看不下去，看不下去我就不看，那小说都像是编的。

我：那普鲁斯特呢？

汪：（眼睛一亮）我很喜欢。

我：普鲁斯特是非常纤细的。

汪：是的，非常纤细，他的东西飘飘乎乎的。

我：那么海明威呢？

汪：（受到打动）我非常喜欢海明威。

我：还有契诃夫？

汪：是的，我喜欢契诃夫！（他还提到一位西班牙作家阿索林，可是一时没有想起名字，翻书柜，也没找着。他坐下沉浸了一会儿）我要写一部普鲁斯特那样的长篇小说。

我：（震惊）是那种飘飘乎乎纤细的吗？

汪：是的，纤细的。

我：（不当真）您写长篇，这是新闻。您干脆半睁半闭眼地说，我给您记录，或用录音机录下来。

汪：不，我必须用笔写，这样我可以触摸每一个字。

我：（开始认真了）真要写这个长篇，不一定很长，二十多万字就可以。（汪老不置可否）您这部普鲁斯特式的小说准备写什么？

汪：（非常平静地）写性。写我一生的性，从小一直写到我老死。比如我和一个在高中时候的女孩子，在一片黄花地里，我们会怎样？一定要拥抱。

我：那一定是在一大片金色的油菜花地。（汪老点点头）您现在就写吧。

汪：（好像非常久远）不着急，将来再写。

我：那么我要来当编辑。您是幸福的，有那么多的稿约。

汪：这可不是幸福，小说是要就有的吗？又不是萝卜，论堆儿撮！

完了。先供出这些。

龙 冬

一九九八年二月

图书在版编目（CIP）数据

茱萸小集 / 汪曾祺著．—杭州：浙江文艺出版社，2020.5
ISBN 978-7-5339-6013-1

Ⅰ．①茱… Ⅱ．①汪… Ⅲ．①短篇小说－小说集－中国－当代 Ⅳ．① I247.7

中国版本图书馆 CIP 数据核字（2020）第 012393 号

茱萸小集　　汪曾祺　著

出版策划　星汉文章　读蜜传媒

出版统筹　金马洛　　选题策划　李建新　　责任编辑　瞿昌林

装帧设计　生生书房　　排版制作　胡亚超　　责任印制　张丽敏

出版发行　浙江文艺出版社

网　　址　www.zjwycbs.cn

联系电话　0571-85152727（发行部）

经　　销　浙江省新华书店集团有限公司

印　　刷　浙江新华数码印务有限公司

开　　本　787 毫米 ×1092 毫米　1/32　　字　　数　146 千字

印　　张　8.375　　插　　页　4

版　　次　2020 年 5 月第 1 版

印　　次　2020 年 5 月第 1 次印刷

书　　号　ISBN 978-7-5339-6013-1

定　　价　29.00 元